三生三世
十里桃花
下
唐七
著

第十五章　滄海桑田

夢裡一番滄海桑田，恍惚睜眼一看，日影西斜，卻不過三四個時辰。這一場夢下來，彷彿多撿了七八萬年活頭，平白令人又蒼老些。

夜華果然已不在房中，我望了會兒頭頂的帳子，著力避著胸口處的重傷，小心從床上翻下來。這一翻一落的姿態雖瀟灑不足，但四腳著地時竟絲毫未牽動傷處，不禁暗中佩服自己的身手。

炎華洞中迷霧繚繞，墨淵的身影沉在這一派濃霧裡若隱若現，我捏個訣化出人形，朝他所在處一步步挪過去。

果然是我操多了心，迷轂將墨淵伺弄得甚妥貼，連散在枕上的一頭長髮也一縷縷仔細打理過了，便是我這等獨到細緻的眼光，也挑不出什麼錯來。

只是清寒了些。

我愣愣地在他身旁坐了會兒。那一雙逾七萬年也未曾睜開的眼，那一管挺直的鼻樑和緊抿的嘴唇，可笑七萬年前初見他時我年幼無知，竟能將這樣一副英挺容顏看作一張小白臉。

世間事，最令人恐懼的便是變數。正是這兩個字，讓這副傾城容顏於瞬息間定格成永遠。七萬年未曾見過他的笑模樣，回望處，卻猶記得崑崙墟的後山，他站在桃花林裡，夭夭桃花漫天。

洞裡靜得很，坐久了也有些冷，我將他雙手放在懷中焐了會兒，打了個哆嗦，又出洞去採了些應時的野花，變個瓶子出來，盛上溪水養著，擺在他身邊。如此，清寒的山洞裡終算是有絲活氣了。

又枯坐了片刻，突然想起再過幾日便是梔子的花期，正可以用上年積下的細柳條將它們串起來，做成花簾掛在炎華洞口，彼時一洞冷香，墨淵躺著也更舒適些。思及此處，漸漸高興起來。

眼見天色幽暗，我跪下來拜了兩拜，又從頭到尾將整個炎華洞細細打量一番，匆匆下山。

天上正捧出一輪圓月，半山的老樹影影綽綽。我埋頭行了一半路，驀然省起其實下山並無甚緊要事，便隨性將腳步放慢了。

此前我因一直昏著，不曉得是哪個幫我包紮的傷口。想來也不過夜華、迷轂、畢方三個。不管是他們三個裡頭的哪一個，終介懷我是女子，即便我化的狐狸身，也只是將我滿身的血跡擦了擦，沒扔進木桶裡沐一回浴。方才又爬一回山，且在炎華洞裡裡外外忙一陣，如今閒下來，山風一吹，便覺身上膩得很。

楓夷山半山有個小湖泊，雖同靈寶天尊那汪天泉不能比，尋常沐個浴倒也綽綽有餘。這個念頭一起，我回憶了片刻去小湖泊的路徑，在心中想踏實了，興沖沖掉轉方向，朝那小湖泊奔去。

脫下外袍，將傷處用仙氣護著，一頭扎進水裡。這湖裡的水因是積年的雪水所化，即便初夏，漫過來也是沁涼。我冷得牙齒上下碰了三四回，便先停住，澆些水將身上打濕，待適應了，再漸漸沉下去。

沉到胸口時，打濕的襯裙緊貼在身上，不大舒爽，青碧的湖水間染出一兩絲別樣的殷紅，映著襯裙倒出的白影子，倒有幾分趣致。

我尋思這個當口怕沒什麼人會來湖邊蹓躂，猶豫著是不是將襯裙也除了。

將除未除之際，耳邊卻猛聞一聲怒喝：「白淺！」

連名帶姓喝得我一個哆嗦。

這聲音熟悉得很，被他連名帶姓地喚，卻還是頭一遭。

我哆嗦一回又驚訝一回，原本藉著巧力穩穩當當站在湖裡，一不小心岔了心神沒控制住力道，身子一歪，差點直愣愣整個兒撲進水中，受一回沒頂之災。

終歸我沒受成沒頂之災，全仰仗夜華在那聲怒喝後，匆忙掠過大半湖面到得湖中心，將我緊緊抱住了。

他本就生得高大，雙手一鎖，十分容易將我壓進懷中。我胸口處原本就是重傷，被他那一副硬邦邦的胸膛使力抵著，痛得差點嘔出一口血來。因他未用仙氣護體，連累一身衣衫裡外濕透，滴水的長髮就貼在我耳根上。

我同他實在貼得近，整個人被他鎖住，看不清他面上神色，緊貼著的一陣擂鼓般的心跳聲，卻令我聽得真切。

我只來得及在心中嘆一聲運氣好，幸好方才未除了襯裙。身子一鬆，唇便被封住。

我一驚，沒留神鬆開齒關，正方便他將舌頭送進來。

我大睜眼將他望著，因貼得太近，只見著他眼眸裡一派洶湧翻騰的黑色。雖是大眼瞪小眼的姿態，他卻仍沒忘了嘴上功夫，或咬或吮，十分兇猛。我雙唇連著舌頭都麻痺得厲害，隱約覺得口裡溢出幾絲血腥味來。

喉嚨處竟有些哽，眼底也浸出一抹淚意，恍惚覺得這滋味似曾相識，牽連得心底一陣一陣恍惚。

他輕輕咬了咬我下唇，模糊道：「淺淺，閉上眼。」

這模糊的一聲卻瞬時砸上天靈蓋，砸得我靈台一片清明。我一把將他推開。水中不比平地，確然不是我這等走獸處得慣的，加之身上的七分傷並心中的三分亂，剛離開夜華的扶持，腳下一鬆差點一個猛子栽倒。

他趕緊伸手將我抱住，倒是曉得避開胸口的傷處了。我尚未來得及說兩句面子話，他已將頭深深埋進我肩窩處，聲音低啞：「我以為，妳要投湖。」

我一愣，不曉得該答什麼話，卻也覺得他這推測可笑，便當真笑了兩聲，道：「我不過來洗個澡。」

他將我又摟緊一些，嘴唇緊貼著我脖頸處，氣息沉重，緩緩道：「我再也不能讓妳……」

一句話卻沒個頭也沒個尾。

我心中略有異樣，覺得再這麼靜下去怕是不妙，叫了兩聲夜華，他沒應聲。雖有些尷尬，也只能再接再厲，盡量將話題帶得安全些，道：「你不是在書房裡閱公文嗎？怎麼跑到這裡來了。」

脖頸處的氣息終於穩下來，他默了一會兒，悶悶地：「迷穀送飯給妳，發現妳不在，便來稟了我，我就隨便出來找找。」

我拍了拍他的背：「哦，是該吃飯了，那我們回去吧。」

他沒言語，只在水中將我鬆鬆摟著。也不知想了些什麼。

過來人的經驗，陷進情愛裡的人向來神神道道，需旁人順著，我不好驚動他，只任他摟著。

半盞茶過後，卻打出一個噴嚏來。這雪中送炭的一個噴嚏正提醒了夜華現今我還傷著，不宜在冷水裡泡得太久。他趕忙將我半摟半抱地帶上岸，又用術法將兩身濕透的衣裳弄乾，撿來外袍與我披了，一同下山。

在湖水中夜華的那一個吻，教我有些懵懂。猶自記得身體深處像有些東西突然湧上來了，那東西激烈翻滾，卻無影無形，無法抓住，只一瞬，便過了。我在心中暗暗嘆了回氣。

夜華在前，我在後，一路上只聽得山風颯颯，偶爾夾帶幾聲蟲鳴。

我因走神得厲害，並未察覺夜華頓住了腳步，一不留神直直撞到他身上。他往左移出一步來，容我探個頭出去。

我皺了皺鼻子，順他的意，探頭往前一看。

楓夷山下破草亭中，晃眼正瞧著折顏懶洋洋的笑臉。

他手裡一把破摺扇，六月的天，卻並不攤開扇面，只緊緊合著，搭在四哥肩膀上。四哥蹺著一副二郎腿坐在一旁，半眯著眼，嘴裡叼了根狗尾巴草。見著我，略將眼皮一抬：「小五，妳是喝了酒了？一張臉怎的紅成這樣?!」

我做不動聲色狀，待尋個因由將這話推回去，卻正碰著夜華輕咳一聲。折顏一雙眼珠子將我兩個從上到下掃一遍，輕敲著摺扇了然道：「今夜月涼如水，階柳庭花的，正適宜幽會嘛。」我呵呵乾笑了兩聲，眼風裡無可奈何掃了夜華一眼，他勾起一側唇角來，幾綹潤濕的黑髮後面，一雙眼睛閃了閃。

折顏挑著這個時辰同四哥趕回青丘，自然不是為了同我玩月談文，說是畢方半下午給他們報了個信，信中描述我被人打得半死不活。他們以為此種事真是曠古難逢，想來看看我半死不活是個什麼樣，就巴巴跑來了。

我咬著牙齒往外蹦字道：「上回我半死不活的時候，確然失禮，沒等著您老人家過來瞧上一瞧便擅自好了，真是對不住。這回雖傷得重些，但並不至於半死不活，倒又要教您老人家失望了。」

折顏漫不經心笑一陣，將手上的摺扇遞給我，呵呵道：「失望倒談不上，罷了罷了，既惹得妳動了怒，不損些寶貝怕也平不了妳這一攤怒氣，這柄扇子還是請西海大皇子畫的扇面，便宜妳了。」

我喜孜孜接過，面上還是哼了一聲。

回狐狸洞時，折顏同四哥走在最前頭，我同夜華殿後。

夜華壓低了聲音若有所思：「想不到妳也能在言語間被逗得生氣，折顏上神很有本事。」

我捂著嘴打了個呵欠：「這同本事不本事卻沒什麼關係，他年紀大我許多，同他生生氣也沒怎的。若是小輩的神仙們言談上得罪我一兩句，這麼大歲數的人了，我總不見得還要同他們計較。」

夜華默了一默，道：「我卻希望妳事事都能同我計較些。」

我張嘴正要打第二個呵欠，生生哽住了。

迷穀端端站在狐狸洞跟前等候。戌時已過，本是萬家滅燈的時刻，卻連累他一直掛心，我微有愧疚。

尚未走近，他已三兩步迎了上來，拜在我跟前，臉色青黑道：「鬼族那位離鏡鬼君呈了名帖，想見姑姑，已在谷口等了半日。」

夜華腳步一頓，皺眉道：「他還想做什麼？」

折顏拉住方要進洞的四哥的後領，哈哈道：「來得早不如來得巧，今日運氣真不錯，正趕上一場熱鬧。」

我腳不停歇往洞裡邁，淡淡吩咐迷穀：「把他給老娘攆出去。」

迷糓顫了一顫，道：「姑姑，他只在谷口等著，尚未進谷。」

我了然點頭：「哦，那便由著他吧。」

折顏一腔瞧熱鬧的沸騰熱血被我生生澆滅，滅得火星子都不剩之前垂死掙扎：「什麼恩怨情仇都要有個了結，似妳這般拖著只是徒增煩惱，擇日不如撞日，不如我們今夜就去將他了結了如何？」

夜華冷冷瞟了他一眼。我撫額沉思片刻：「該了結的已經了結完了，我同他確然已沒什麼可了結了。不過我看你對此事似乎很有興趣，你若想去瞧瞧他，可需我吩咐迷糓給你點個火燭？」折顏眼中尚且健在的一絲絲火光，唰，熄得圓滿，唉聲嘆氣：「我來一趟也不容易，讓我看個熱鬧又如何了。」

狐狸洞因不常有客，常用的客房有且僅有一間。如今，這有且僅有的一間客房正被夜華占著，大哥二哥舊時住的廂房又日久蒙塵，折顏便喜孜孜賴了四哥與他同住，總算彌補了未瞧著熱鬧的遺憾。

雖著了迷糓回房安歇，他卻強打精神要等外出尋我的畢方，我陪他守了會兒，打了好幾個呵欠，被夜華架著送回去睡了。

迷穀賢慧，早早預備了大鍋熱水，令我睡前還能洗個熱水澡，我很滿意。

第二日大早，夜華來敲我的門，催我一同去天宮。我因頭天下午睡得太過，到晚上雖呵欠連連，真正躺到床上，卻睡得並不安穩。恍一聽到夜華的腳步聲，便清醒了。

他已收拾妥貼，我在房中晃悠一圈，只隨手拿了兩件衣裳，順便捎帶上昨日新得的扇子。

我長到這麼大，四海八荒逛遍了，卻從未去過九重天，此番借夜華的面子得了這個機緣，能痛快逛逛九重天，雖然身上還帶著傷，一顆狐狸心卻微感興奮。

因青丘之國進出只一條道，不管是騰雲還是行路，正東那扇半月形的谷口都是必經之途。加之夜華每日清晨都有個散步的習慣，我便遷就他，沒即刻招來祥雲，乃是靠兩條腿走到了谷口。

這谷口正是凡界同仙界的交界處，一半騰騰瑞氣，一半濁濁紅塵，兩相砥礪得久了，終年一派朦朧，霧色森森。

在森森的霧色中，我瞧見一個挺直的身影，銀紫的長袍，姿容豔麗，眉目間千山萬水。卻是離鏡。

他見著我，一愣，緩緩道：「阿音，我以為，妳永不會見我了。」

我也一愣，確然沒料到他居然還守在這兒。

當年他能十天半月蹲在崑崙墟的山腳下守我，全因那時他不過一介閒散皇子，即便成日留在大紫明宮，也只是拈花惹草鬥雞走狗罷了。今時卻不同往日，身為一族之君，我委實沒料想他還能逍遙至此。

夜華面無表情立在一旁，瞥了我一眼，淡然道：「折顏上神說得不錯，該了結的還須得及早了結才是。只妳一方以為了結了並不算了結，須知這樣的事，必得兩處齊齊一刀斷了，才算乾淨。」

我訝然一笑：「這可委實是門大學問了，你倒很有經驗嘛。」

他愣了一愣，臉色不知怎的，有些泛白。

谷口立著幾張石凳，我矮身坐下。夜華知情知趣，道了一聲：「我到前邊等妳。」便沒影了。

離鏡兩步過來，勉強笑道：「看到妳這樣，我總算放心些。」頓了頓又道，「身上的傷勢，已沒大礙了吧？」

我攏了攏袖子，淡淡道：「勞鬼君掛心，老身身子骨向來強健，些許小傷罷了，並不妨事。」

他鬆了一口氣道：「那便好，那便好。」話畢，從袖袋中取出一物來，逕直放到我面前。抬眼小覷，那一汪瑩瑩的碧色，正是當年我求之不得的玉魂。

摺扇在掌中嗒地一敲，我抬頭道：「鬼君這是做什麼？」

他澀然一笑：「阿音，當年我一念之差，鑄成大錯，妳將這玉魂拿去，置於墨淵上神口中，便不用再一月一碗心頭血了。」

我甚驚詫，心中一時五味雜陳，看了他半日，終笑道：「鬼君一番好意，老身心領了，但師父的仙體自五百多年前便不需老身再用生血將養，這枚聖物，鬼君還是帶回鬼族好生供著吧。」

五百多年前，將擎蒼鎖進東皇鐘後，連累我睡了兩百多年，兩百多年不能為墨淵施血，待醒來時，第一件事便是急著去看墨淵的仙體，手腳發涼地生怕他出什麼岔子，陰差陽錯卻發現沒了我的血，墨淵的仙體竟仍養得很好。折顏嘖嘖道：「怕墨淵是要醒了。」我且驚且喜地小心揣著這個念想，折顏卻全是胡說，至今墨淵仍未醒來。

離鏡那托著玉魂的手在半空僵了許久，默默收回去時，臉上一派頹然之色，只沙啞道：「阿音，我們，再也回不去了嗎？」

四下全是霧色，襯得他那嗓音也縹縹緲緲的，很不真切。

其實，略作回想，記憶深處也還能尋出當初那個少年離鏡來，雖因著他老子的緣故，眉目生得濃麗女氣了些，做派卻很瀟灑風流，面上也總是紅潤明朗，全見不出什麼閨閣裡才有的傷春悲秋惆悵失意之色。時間這個東西，果然磨人。

因了這一番感喟，初見著他的不快倒也淡了許多。如今回想同他那一番前塵舊事，一樁樁一件件，正如同前世之事，心中四平八穩，再生不出一絲波瀾漣漪，更遑論「回去」二字。

我暗自望了會兒濛濛的天，無可奈何道：「鬼君不過一些心結未解而已。老身早說了，鬼君這樣的性子，一生只追求得不到的東西，一旦占有了，便絕不會再珍惜了。鬼君現下一心撲在老身身上，不過因老身被鬼君棄了後，沒找個地方一頭撞死，反而還活得好好的，便教鬼君覺得老身從未將鬼君放在心上了，如此才有這一番糾纏……」

他一雙上挑的眼角微微泛紅，襯得容色越發豔麗，並不答話，只深深看著我。

我穩了穩心神，將摺扇攤開來，撫著扇面上的桃花。撫了一會兒，終柔聲道：「似今日我們這樣坐著平和說話，以後再不會有了，有一些事情，我便還是說清楚吧。七萬年前，我因你而初嘗情滋味，因是首次，比不得花叢老手，自然冷淡被動些，可心中對你的情意卻是滿滿當當的。阿娘總擔心我那般不像樣的性子，不夠惹人憐愛，不憑借白家的聲威便嫁不出去。你並不曉得我的身世，甚至不曉得我原是個女兒身，卻能真心來喜歡我，還日復一日送上許多情詩來，甚而散了滿殿的姬妾，你做的這些，我心中很歡喜，也很感激。我們白狐一族雖是走獸，卻比不得一般走獸博愛多情，對認定的配偶從來一心一意。那時候，我已確然將你看作了我相伴一生的夫君。若沒有玄女這樁事，待學成之時拜出師門，我自然是要嫁給你的。你也知道，彼時我們兩族正有些嫌隙，自同你一處以來，我日日都在想著將來如何說服阿爹阿娘，能同意我們的婚事，因怕忘了，每想到一條好理由，便喜孜孜記在絹帛上，丈餘的絹帛用小楷記得滿滿當當。如今想來真是傻得很。」

離鏡嘴唇顫了幾顫。

我繼續撫著扇面，淡淡道：「玄女能幫你的，我白淺襄青丘神女之位，便不能幫你嗎？可你卻在我對你情濃正熾之時，給了我當頭一棒。我撞破你同玄女那樁事，心中痛不能抑。只嘆我當初糊塗，對玄女掏心掏肺，到頭來卻讓她挖了牆腳。我不過要搧她一搧，你卻那般護著，可知我心中多麼難受。你那句『先時是我荒唐』，真正教我心灰意冷。你只道我放手放得瀟灑，卻不知這瀟灑背後多少心酸苦楚。離鏡，並不是每個人都能將疼痛堂而皇之掛在臉上，可即便沒掛在臉上，那痛卻是一分也不少的。我總以為自己能做你的妻子，卻不想到頭來全是一個笑話。那些時日常作的一個噩夢便是你摟著玄女，將我一把推下崑崙墟去。噩夢連連之時，卻只聞得你用四匹麒麟獸將玄女娶進了大紫明宮，連賀了九日。說來可笑，嘴上雖說得瀟灑，事已至此我卻仍對你存著不該有的念想。此後鬼族之亂，玄女被擎蒼抽了一頓抬上崑崙墟，我竟暗暗有些歡喜，私下裡一得空閒，便止不住為你找些藉口，讓自己相信你並不是真心愛玄女，否則不會任玄女活活受那樣的苦，心中竟漸漸快慰起來。此後才曉得那原來是你們使的一個苦肉計，離鏡，你不會想知道那時我心中是什麼滋味。後來師父仙逝，我強撐著一顆卑微的心前去大紫明宮求取玉魂，你永不能明白我鼓了多大的勇氣，也不能明白那日你讓我多麼失望。你說嫉妒師父，才不願與我玉魂，可離鏡，你傷我這樣深，委實比不上師父對我的萬分之一。當我在炎華洞中失血過多，傷重難治，命懸一線之時，眼前湧的竟不是你的臉，我便曉得，這場情傷終於到頭了。彼時，我才算得了解脫。」

離鏡緊閉了一雙眼，半晌才睜開來，眸色通紅，哽咽道：「阿音，別說了。」

我勉強將扇子收起來，悵然道：「離鏡，你確是我白淺這十四萬年來唯一傾心愛過的男子。可滄海桑田，我們回不去了。」

他身子一顫，終於流下兩行淚來，半晌，澀然道：「我明白得太遲，而妳終究不會在原地等我了。」

我點了點頭，於鬼族再沒什麼牽掛，臨走時嘆了句：「日後即是路人，不用再見了。」遂告辭離去。

撥開霧色，夜華正候在前方不遠處，道：「明明是那麼甜蜜的話，由妳說出來，偏就那麼令人心傷。」

我勉強回他一笑。

第十六章　桃李豔事

到得南天門，並不見守門的天將，只幾頭老虎挨著打盹兒，黃黑皮毛油光水滑，一看就是修為不凡的靈物。

我敲著扇子調笑：「便是我那青丘的入口，好歹還有個迷穀坐鎮。你們這三十六天大羅天界，卻只讓幾頭老虎守門嗎？」

夜華蹙了蹙眉：「太上老君今日開壇講道，想他們是去赴老君的法會了。」轉而又淡笑與我道，「聽說在凡界幫元貞渡劫時，淺淺妳常同元貞論道，想是道根深植了，老君這麼多年講遍天上無敵手，在高處不勝寒這個境界上站得十分孤單，妳此番上天，正好可以同他辯上一辯。」

我吞了口唾沫，乾乾一笑：「好說，好說。」

南天門外白雲茫茫，一派素色，過了南天門，卻全然另一番景象。黃金為地，玉石為階，翠竹修篁，瑞氣千條。比之四海水晶宮的金光閃閃，有過之而無不及。好在上來之前，為防萬一，我英明地縛了白綾，不然這雙眼睛保不準就廢了。偶有幾隻仙鶴清嘯一聲，撲稜著翅膀從頭上飛過，我慨然一嘆，握住夜華一雙手真誠道：「你們家真有錢。」

夜華臉色陣白陣青，道：「天上並不是所有宮室都這樣的。」

我們一路徐徐而行。

細細賞來，九重天上這一派富貴榮華同青丘的阡陌農舍十分不同，倒也別有趣味。

難得的是偶爾碰見的幾個宮娥還都謹慎有禮，見著我這一番白綾縛面的怪模樣，也並不一驚一乍，皆是並著夜華一道恭順問安，讓人看著就喜歡。

聽說夜華三萬歲上開府建牙時，天君賜建的一進府邸喚的是洗梧宮。

如今我站在這洗梧宮跟前，卻略感詫異。

我誠然從未上過九重天，卻不知怎的，總覺得這洗梧宮從前並不是現今這副昏暗模樣。雖不至於黃金造的牆垣暖玉做的瓦當，卻到底要明亮些，生氣些。

我正自發愣，已被夜華牽了往後門走。

他對著後門那道牆垣頗認真地左右比量了一會兒，指著一處道：「跳吧。」

我茫然道：「什麼？」

他皺了皺眉，一把抱過我，沿著方才指的那處牆頭，一個縱身便跳進院子。

原來這九重天上，進屋都不興走大門，全是跳牆？這個習俗也忒奇特了……

夜華捋了捋袖子，見著我的神色，尷尬一笑道：「若走正門定要將大大小小一院子全驚動了，呼呼喝喝的甚討人厭，不如跳牆來得方便。」

我腦中卻忽地靈光一閃，用扇子敲了敲他肩膀道：「今日我們走得早，算算竟還沒到伽昀小仙官送文書來的時辰，你該不會是沒提醒伽昀今日不必將文書送去青丘，勞他白跑了一趟吧。倘若從正門進，驚動了伽昀小仙官，確是有些麻煩。呵呵，話說回來，昨夜我們回洞時似乎已很晚了，積了幾日的文書，你閱得怎樣了？」

他僵了僵，臉面微紅了一紅，攏著袖子不自在地咳嗽了一聲。

我一直擔憂夜華有些少年老成，不過五萬歲的年紀，恍惚一見竟比東華那等板正神仙還要嚴肅沉穩。今日卻能流露出這麼一番少年人才有的神色來，我搖了搖扇子，覺得很愉悅。

夜華住的是紫宸殿，緊鄰著糰子的慶雲殿。

我不過在九重天上將養三兩日。既然來時是悄悄地來，沒打出上神名號強依禮制，自然不能讓夜華大張旗鼓特地為我闢一處寢殿。正預備謙遜地同他提提，這兩日只在糰子的慶雲殿湊合湊合罷了，他卻已將我帶到了一進專門院落。

抬頭看，院門高掛的一副牌匾上，鏤了四個篆體：一攬芳華。

夜華眼中幾番明滅，道：「這是妳的院子。」

我搖著扇子沉吟，覺得天上的排場果然與地上分外不同。想當初我下界幫元貞渡劫，因是長住，才勉強得一進院落。此番只是在天上住個兩三日，卻也能分個院落，一個仙帝一個人皇，同是王家，氣度卻真真雲泥之別。

我感嘆一番，伸手推開院門。

吱呀一聲，朱紅大門敞開處，一院的桃樹，一院的桃花。從外朝裡瞧，滿眼盡染花色。

我愣了愣，訥訥道：「原來你是誆我上來幫天后守蟠桃園。」

夜華神色僵了僵，抽著嘴角道：「蟠桃園不知多大，妳以為才這一院子。這裡的桃花是我兩百多年前自己種的，養到今年，才開的第一樹花。」

我心中突地一跳，卻不知這一跳為的哪般緣由。緩步踱進院中，用扇子信手挑起一枝桃樹丫。這一枝桃花，開得分外清麗淡雅。

正要將扇子收回來，卻聞得背後百轉千迴一聲：「娘……娘？」

我轉過頭，夜華正站在院內的一側台階上，眼睛隱在幾綹黑髮後，看不真切。他身後門檻處，站了個宮娥打扮的女子，左手拿著個精緻的花瓶，右手緊緊扶住朱紅大門，脈脈盯著我，眼睛一眨，竟泛出兩行清淚。

我手一抖，扇子挑下的那枚花枝猛地彈起來，顫了兩顫，窸窸窣窣碰掉半捧花瓣，身上免不了也沾上幾瓣。

那女子已跌跌撞撞奔了過來，一把抱住我雙腿，潸然道：「娘娘，果真是您，奈奈等了您三百年，您終於回來了……」又邊哭邊笑地對夜華道，「那結魄燈果然是聖物，做的娘娘一絲都沒差的。」

看她這一番形容，我便曉得又是一個將我認錯的。腿不便掙出來，好在一雙手還能將她拉一拉。她淚眼迷濛地抬頭看我，雖則是雙淚眼，那眼淚背後卻滿滿當當俱是歡喜。

手指觸到眼上的白綾，我不忍道：「仙子認錯人了，老身青丘白淺，並非仙子口中的娘娘。」

自稱奈奈的小仙娥傻了一傻，卻仍抱住我兩條腿。

我無奈朝默在一旁的夜華遞了個眼色，奈何白綾擋著，眼色遞不出去，我抬了抬手算招呼他。

他走過來扶起奈奈，卻並不看她，只望著眼前的桃林，淡淡道：「這位是青丘之國的白淺上神，要在這院中暫住幾日，便由妳服侍了。如今妳須改一改口，不能叫娘娘，便喚她的尊號，稱她上神吧。」

緊抱住我雙腿的奈奈茫然看了看他，又茫然看了看我。我朝她安撫一笑，她也沒什麼反應，只用袖子擦了滿臉的淚水，點頭稱是。

我不過帶了兩身衣裳上來，也沒什麼好安頓打點，夜華差奈奈備好一應洗浴的袍具，囑咐我先躺一躺，他去慶雲殿將糰子抱過來。

夜華近來善解人意得堪比解語花，既看出來我帶傷行路不易，一通折騰下來已沒什麼精神頭，又看出我心中思念糰子，讓我有點感動。

顯見得糰子也很思念我，尚在他父君懷中，一見了我，便嗖地探出半個身子，甜甜一聲「娘親」，叫得我受用無比。

「啪」，奈奈正捧著插桃花的花瓶卻掉地上了。我心中覺得這小仙娥怕是同糰子的親娘有些淵源。如今糰子的親娘已香消玉殞，再享不了麟兒繞膝之樂，讓我這個做後娘的白白撿了便宜，必是看得這小仙娥心中不忍。

唔，好一個忠肝義膽的小仙娥。

夜華說糰子只是受了些驚，並不礙事。我左右端詳一番，看他依然白白胖胖，笑起來露出兩個酒窩，與往常一般天真，才真正放心。

他顯然是想往我身上蹭，卻被他父君抱得牢靠，掙了半日也沒掙開，有些著惱，委屈地扁嘴望著我，假裝在眼中做出一副將淚未淚的形容。

我慈愛地揉了揉他的頭髮，柔聲道：「娘親身上不大好，你先容你父君抱一抱。」

他一雙大眼睛眨了眨，小臉突然漲得通紅，竟扭捏了一下，小聲道：「阿離知道了，娘親是又有了小寶寶對不對？」

我愣愣地：「啊？」

他害羞狀絞著衣角道：「書上就這麼寫的。說有一位夫人懷了小寶寶，他們一家人都不許她再去抱別人家的小孩來逗，怕動了，動了……」想了半日，小拳頭一敲，斬釘截鐵道：「對，胎氣。」

我心尖上一顫，乖乖，才不過蒜苗高一個小娃娃，已懂得什麼叫胎氣！

夜華輕笑了兩聲：「你是在哪裡看的這個書？」

糰子天真道：「是成玉借給我的。」

我眼見著夜華額角的青筋抖了兩抖。

嘖嘖嘖，這位從凡界飛昇上天的成玉元君果然奇妙，竟十分擅長在太歲頭上動土，老虎尾巴上拔毛。我佩服他。

一旁的奈奈疑惑道：「即便是上神有了身孕，小殿下您臉紅個什麼勁啊？」

糰子伸出兩條胳膊來，奮力捧住我的臉吧唧親了一口道：「本天孫高興嘛，娘親有了小寶寶，本天孫就再不是天上最小的一個了。」

夜華想了片刻，與我道：「不然，我們大婚後立刻便生一個。」

我謙和回他：「若到時候是你來生，我倒很樂意出這一分力。」

夜華：「……」

因我到天上來，歸根結底只為泡靈寶天尊那汪天泉。上上下下一應折騰完了，便殺往靈寶天尊的上清境。

我既是要借這位天尊的天泉一用，自然須將身世底細和盤托出，才見真誠二字。

然今日不巧，正趕上太上老君做法會，靈寶天尊因是老君的師父，免不了要去捧一捧場，人並未在他的玉宸宮中。只七個仙伯候在大殿裡，恭敬道老君法會後，天尊必來拜會姑姑。我從容地一一送了他們夜明珠。便有十八個仙娥站成兩列，手中皆捧了花果酒水之類，引了我們前往那療傷的天泉。

天族的禮法我還是略懂一些，十八個仙娥引路正是上神的禮遇。我忍了一會兒，問夜華道：「若借的是你正妃的名來這裡泡泡，能有幾個仙娥引路？」

他抱著糰子頓了頓，道：「十四個。」又道，「怎麼了？」

我握著扇子頗感惆悵，唏噓道：「沒怎的，只覺得嫁給你，我這階品不升反降。這麼看，倒算不得一筆好買賣了。」

他默了一默，磨著牙道：「若是天君帝后，便能有二十四個仙娥引路了，還能另配四個心靈手巧的給妳搓背。」

我打了個乾哈哈，由衷讚嘆：「這倒還不錯。」

那天泉落在一座假山後，是個甚僻靜的去處，周圍的氣澤並泉水皆是碧青色，如陰陽未分的混沌時代，天地間一派空濛，唯餘這淺淺一汪碧色。

糰子歡呼一聲，由得仙娥們解了他的小袍子小褂子，白嫩嫩跳進水中，卻也不見下沉，只浮在水上，啪啪地拍著水花玩。

夜華站在一旁看了一會兒，又一一檢視了仙娥們手中端的花果酒水，轉頭與我道：「這些酒是果酒，可以餵阿離喝一點，但萬不能讓他飲多了。這些時令的蔬果，也只能教他每樣吃半個。」

我點頭應了，覺得他這當爹又當媽的真是十分不易，再看他的眼神便有些敬佩。

他一愣，隨即冰消雪融般璀璨一笑，從我手中取過鬆鬆握著的摺扇，道：

「妳這扇子上徒畫了幅風流桃花，卻沒題相合的詩詞應景，有些遺憾。我拿回去給妳補足，妳暫且在這裡好生泡泡，泡完了便來書房找我。」

他這一笑，笑得我一雙眼睛狠狠晃了晃，沒留意，由他拿著扇子走了。

糰子在泉裡撲稜著水花問我：「父君怎麼走了，不同我們一起泡嗎？」

我呵呵道：「天將降大任於你父君，你父君去接這個大任去了。」

糰子忒不勝酒力。

因夜華臨走時特地囑咐，時令的蔬果，每樣可以給糰子半個。我理所當然以為那果酒也是每種味道的都餵他半壺，未料兩個半壺下去，他就醉了，憨態可掬地直衝我傻笑，笑著笑著，頭一歪便倒在水上睡著了。

奈奈擔憂道：「小殿下頭一回喝這麼多酒，醉成這樣，還是由奴婢將他送去藥君府上看看吧。」

我喝了十來萬年的酒，且喝的全是折顏這等高人釀出的酒，即便謙虛來說，於這杯中物也要算半個行家。糰子此番飲的果酒，不過仙果囤久了發酵出來，實在醉不了人，便是飲得再多，對身體也沒什麼妨害。糰子醉得睡過去，只因從來沒大飲過，酒量太淺。況且方才他睡過去時，我暗暗為他把了一回脈象，那氣澤比我的還平和幾分，若單為解酒便送去藥君府上，委實小題大做。我沉吟了一會兒，與奈奈道：「男孩子不用嬌慣成這樣，沒大礙的，妳只帶著他回屋睡一睡，至多不過三更，他便能醒得過來。」

兩個仙娥急忙將糰子撈起來穿好衣裳，由奈奈抱著先回去了。

又吃了些瓜果，將糰子沒飲完的酒混著全飲完，迷糊打了個盹兒，睜開眼已戌時了。難為岸上的十八個仙娥還無怨無悔地守著。我精神抖擻地順了頭髮，結上外袍，考慮到玉宸宮到洗梧宮一路上仍有些景致晃眼，仍將白綾縛在面上。

好歹在青丘也共住過兩三月，夜華一些生活習性我尚算了然。猶記得以往這個時辰常被他拉去下棋。既有這麼一條前科立在面前，我心中略一思量，覺得他現今應是仍在書房。又想起那把扇子今夜還能幫我驅一驅蚊蟲，便沒回一攬芳華的院子，直向他書房殺去。

書房外無人看守，我敲了敲門，也沒個回應，輕輕一推，門自開了。外間仍沒人，蠟燭卻燒得烈，映得燭影幢幢。

裡間忽地傳出兩聲女子的低咽。心頭一個東西重重一敲，我茫然了片刻，耳根嘣地燙起來。近日本上神桃花盛，連帶著盡遭遇些桃李豔事。一道門簾之隔，此番，該不會當頭紅運，又讓我撞上了別人閨閣逗趣吧？

我穩了穩心神。

夜華雖冷漠沉穩些，到底血氣方剛，今日我碰見的這天上的一眾仙娥又都生得不錯，他日夜對著一案枯燥公文，定然煩悶，恍一抬頭，見著一位眉目似畫的小仙娥在一旁紅袖添香……

心中有幾分古怪。

夜華斷了對我的孽想原是件大功德，很該令我喜不自勝。但我此刻卻暗暗有些擔心，那眉目似畫的小仙娥或許並不真正眉目似畫，可能不大配得上夜華。

左右思量一陣，覺得佛說得對，寧拆十座廟也不能毀一門婚，捏了捏燒得滾燙的耳朵，預備悄沒聲息地、輕手輕腳地、不帶走一片雲彩地溜了。

右腳剛往門檻上跨了半步，卻聽得夜華柔柔一聲：「淺淺，妳這一來一去的，到底是要做什麼？」

我撫著額頭輕嘆，溫香暖玉在抱他竟還能顧念到旁的動靜，真是個不一般的神。

簾子背後的燭火跳了幾跳，我進也不是退也不是，夜華緩緩道：「那扇子我已題好字了，妳進來拿吧。」

呃，既是他叫我進去，那我此時進去，也算不得唐突吧。我原本就有些好奇那低咽的小仙娥長得什麼模樣，得了夜華這一聲，立刻抖擻起精神，興致勃勃地一掀簾子邁了進去。

本上神料得不錯。

這內室裡果然駐紮著小仙娥。

竟還不是一個小仙娥，而是一雙小仙娥。

只是這一雙小仙娥衣裳都穿得甚妥貼，齊齊垂頭跪在地上，左邊的一個肩膀一聳一聳，看得出來是在流淚，卻默默無聞地，一聲兒也沒漏出來。

夜華坐在書案後，面前壘了一大摞文書，文書旁擱了個青花碗，碗裡的羹湯還在騰騰地冒熱氣。那一派正經形容，也委實不像剛歷了一番春情。

我心中的疑惑如波濤洶湧，漫過高山漫過深谷，但在小仙娥面前豈能失了上神氣度，只得將這個疑惑暫且壓下，假裝淡定地從夜華手中接過扇子，藉著打量扇面上題字的工夫，假裝漫不經心地問了一句：「這又是唱的哪一齣？」

夜華寫得一手好字，扇面上九個小楷分兩行排下來，寫的是「把酒祝東風，且共從容」。方才攤開扇子時我尚有些戰戰兢兢，生怕他題些「去年今日此門中，人面桃花相映紅」之類詩文令我牙酸。

眼下夜華題在扇子上的九個字，倒令我滿意。

屋子裡半晌沒人聲，我好奇抬頭，正撞上跪在右側的那名仙娥瞧著我的一雙驚恐的眼。

那雙眼生得甚美，我長到十四萬歲，竟從沒見過哪位女子的眼生得這樣美。我侄女兒鳳九的眼睛也長得好看，但到底年紀小些，見不出歲月沉澱。這一雙眼，卻像是飽含了無窮情感，令人一見便不由得被吸引。

這個小仙娥，倒有些不凡。

不過，與她那雙眼睛比起來，容貌卻普通了些，尚不及南海水君家的那位綠袖公主。

那仙娥嘴唇哆嗦了幾番，半晌，抖出一個名字來，我清楚聽得，又叫的是糰子那跳了誅仙台的親娘。

我撫了撫面上白綾，因三番兩次被誤認，已很習慣，也不再強辯，只喝了口茶，再從頭到腳打量一番面前這小仙娥，柔聲讚道：「妳這雙眼睛，倒生得不錯。」

這本是句誇人的話，況且我又說得一腔真誠，尋常人聽了大抵都很受用。面前這跪著的小仙娥卻格外與眾不同，非但沒做出受用姿態，反而倏地歪在了地上，緊盯著我的一雙眼，越發驚恐慌亂。

我甚詫異。

本上神這一身皮相，雖比本上神的四哥略差些，可在青丘的女子當中，卻一直領的第一美人的名號。不想今日，這歷萬年經久不衰的美貌，非但沒讓眼前這小仙娥折服，竟還將她嚇得歪在了地上?!

夜華不動聲色取下我縛眼的白綾，將我拉到他身旁一坐。

底下的一雙仙娥，兩雙眼睛登時直了。那直愣愣的四道目光定定停留在我一張老臉上。我同糰子親娘長得不同，想必她們終於悟了。

夜華抬了抬下巴與那呆然望著我的一雙仙娥冷冷道：「繆清公主，本君這洗梧宮實騰不下什麼位置來容妳了，明日一早就請公主回東海吧。素錦妳倒很重情誼，若實在捨不得繆清公主，那不妨向天君請一道旨，讓天君將妳一同嫁去東海，妳看如何？」

他這一席話冰寒徹骨，一併跪在地上的兩個仙娥齊齊刷白了臉色。

我一愣。瞇著眼睛打量片刻左廂那不漏出聲兒來飲泣的仙娥。模糊辨得出東海水君形容的一張清麗臉龐，不是那東海的繆清公主又是誰。

如此，跪在右廂這個眼睛和臉生得不登對的，便是被我那不肖徒元貞調戲未遂要懸樑自盡，結果自盡也未遂的夜華的側妃素錦了。

方才我已覺她長得普通，此時愛徒心切，更覺她長得普通。不禁捋著袖子悲嘆一回，元貞啊元貞，你那模樣本就生得花俏了，對著鏡子調戲自己也比調戲這位側妃強啊。如今落得個打下凡界六十年的下場，若不是你師父我英明，這彈指一揮的六十年，你該要過得多麼刺激辛酸。

素錦望著我的一雙眼已恢復了澄明，一旁的繆清仍自哀求哭泣。

我看夜華今夜是動了真怒。自我同他相識以來，除開大紫明宮流影殿前同玄女那一番打鬥外，尚未見他發過這樣大的脾氣。我心中好奇，拿了扇子便也沒走，只在一旁端了只茶杯，沖了杯滾燙的茶水，找個角落坐了，不動聲色地等待杯中茶涼。

夜華鬧中取靜的功夫練得極好，那繆清公主滿腔的飲泣剖白已是聞者流淚聽者傷心，他自巋然不動，沉默地看他的公文。

因我在東海做客時，已被這位公主對夜華的一腔深情感動得流了一回淚傷了一回心，是以如今，在素錦側妃為此抹了三四回淚的當口，還能略略把持住，保持一派鎮定。

聽了半日，總算讓我弄明白，夜華之所以發這麼大脾氣，乃是因這位東海的繆清公主，今夜竟吃了熊心豹子膽，妄圖用一碗下了情藥的羹湯，來勾引他。奈何這味情藥卻沒選好，教夜華端著羹湯一聞便聞出來，情火沒動成，倒動了肝火。

夜華案前伺候筆墨的小仙娥見出了這樣一樁大事，依著天宮的規矩，趕緊延請了夜華後宮裡唯一儲著的側妃娘娘，前來主持大局。說到這裡，便不得不豎起大拇指讚嘆一聲，夜華的這位素錦側妃實乃四海八荒一眾後宮的典範，見著繆清下藥引誘自己的夫君，非但沒生出半分憤恨之心，反倒幫著犯事的繆清公主求情。

我進來取扇子，正趕上他們鬧到一個段落，中場停歇休整。

我既然已將事情的來龍去脈理完整，自覺再聽跪在地上這一雙哭哭啼啼的也沒什麼意思。凡界那些戲本上排的此類橋段，可比眼前這一場跌宕精采得多。

正好茶水也涼得差不多，兩三口喝完，我拿起摺扇，便打算遁了。

就在將遁未遁的這個節骨眼上，繆清公主卻一把抱住我的腿，淒然道：「這位娘娘，繆清上次錯認了您，但您幫過繆清一次，繆清一直銘記在心，此番繆清求您，再幫繆清一次吧。」

我默了一默，轉身無可奈何與夜華道：「既然繆清公主跪了我，叫我再跪回去我又拉不下這個臉面，那……少不得我就說兩句吧？」

他從文書裡抬起頭來看著我：「妳說。」

我嘆了一回道：「其實這個事也並非繆清公主一人的錯，當初你也曉得繆清對你有情，你卻仍將她帶上天來，你雖是為了報還她的恩情，幫她躲過同西海二皇子的婚事，待她想通就要讓她回東海。可她卻不曉得你是這麼想的，難免以為你是終於對她動心了。你既給了她這個念想，卻又一直做正人君子，遲遲不肯動手，少不得便要逼她親自動手了。」

夜華眸色難辨，漠然看著繆清道：「可妳當初只說到我洗梧宮來當個婢女便心滿意足了。」

我打了個呵欠：「戀愛中的女子說的話，你也信得。」

繆清那一張臉已哭得不成樣子，我敲了敲扇緣與她道：「聽老身一句話，妳還是回東海為好。」遂退後兩步抽身出來，將衣袖捋了捋，趁著繆清尚未回過神來，提起扇子溜了。

剛溜至外間的門檻，卻被趕上來的夜華一把拉住。我側頭瞟了他一眼，他將手放開與我並肩道：「天已經黑成這樣了，妳還找得到住的院子？」

我左右看了看，不確定道：「應該還是找得到的吧。」

他默了一默，道：「我送送妳。」

裡間那映著燭火的薄簾子後頭，隱約又傳出幾聲繆清的抽泣。我在心中琢磨了一會兒，覺得跪在裡頭的那兩位想來正鬧得累了，此番夜華送我，她們也可以休整休整，打點起十足的精神，爭取待會兒鬧得更歡實些。縱然我果真將夜華帶出去片刻當個領路的，也不算耽誤了他後宮裡的正經事。於是，我便果真將他領了出去，心安理得地受用了這個慇懃。

月色如霜，涼風習習。

夜華一路沒言沒語，只偶爾提點兩句：「有個樹枝丫斜出來，莫絆著了。」或「那方躺了兩塊石頭，妳往我這裡靠靠」。他帶的這條道坑坑窪窪，因我眼睛不好，一路上都顧念著腳底下了，也沒能騰出空閒來同他說幾句話。

我原本就有些睏，走完那條道更是浪費了許多精神，到了一攬芳華院子的大門口，只欲一頭扎進院中撲倒在床上。

又是剛剛扎到門檻上。

又被夜華一把拉住。

我甚悲催抬頭與他道：「不用再送了，接下來的路我全認得。」

他愣了一愣，失笑道：「這院子才多大一些，妳認路的本事再不濟，也不至於連回廂房的路也識不得，這個我自然曉得的。」頓了頓，一雙眼深沉盯著我道：「我不過是，想問一問妳，最後為什麼勸那繆清公主回東海。」

我掩住打了一半的呵欠，奇道：「你不是也讓她回東海？」

他眼神黯了黯，道：「只因我讓她回東海，妳便也讓她回東海？」

我將扇子搭在手肘上默了一會兒。夜華這話問得，語氣很不善，我是誠實地點頭好呢，違心地搖頭好呢，還是從容地不動聲色好呢？

本上神活到這麼大歲數，相交得好的神仙個個性子活潑，且和順。一向對老成的少年們有些摸不大準，何況夜華還是這老成少年中的翹楚，近來行事又有些入了魔障般的顛三倒四，我便更摸他不準。不知道答他個什麼話，才能教他受用些。

我這廂還沒將答他的話理通透，他已撐了額頭苦笑道：「果然如此。」

倘若一個神仙，修到了我這個境界，自然都通曉一些人情世故，不說十分，至少也有八分懂得看人的臉色。我方才虛虛一瞟，見夜華掛在臉上的這個苦笑乃是有幾分怨憤的苦笑，立刻便明白過來方才那場沉默，我默得有些不合時宜了。

思及此，我立時堆起一張笑臉補救，對著他一張冷臉訕訕道：「我絕沒忘記此前承諾要幫你娶幾位貌美側妃的事，但既是幫你納妃，也得合你的意不是，否則生出一對怨偶來，卻是我在造孽。這位東海的繆清公主，你既然不喜歡，自然不必再將她留在你身邊。」又將扇子擱在手腕上敲了敲，皺眉道：「再則，這個公主的心機深了些，今日能對你下情藥，明日保不準還能再幹出什麼驚天動地的事來，後宮之地，還是清靜些好。」

他沉默良久，眼中神色已出於莫測了。許久，才淡淡道：「我原本便不該問妳這個話，方才將妳拉進書房來，本指望能不能令妳醋一醋，卻不想妳只由始至終地看熱鬧。」

我心中咯噔一下，呃，我只以為他單純招我進去拿扇子，誠然，誠然那個，沒想到他還有這樣一層用意。

他抬頭輕極淡地瞟了我一眼，瞧不出悲也瞧不出喜，只繼續淡淡道：「我在妳心中竟沒絲毫的分量。白淺，妳的心中是不是只裝得下那一個人？妳準備等他等到幾時？」

我心中一抽，卻不知為哪般來的這一抽。

臨別時，夜華的臉色很不好看。待他回去，沒驚動奈奈，我便也回廂房躺下了。

明明之前睏意洶湧，如今躺在軟乎乎的雲被裡頭，我卻翻來覆去覆去翻來地睡不著，盡想著方才心尖上那一抽。夜華那不大好看的臉色，一直縈繞在我腦海中，直到迷迷糊糊睡著。

第十七章　灰飛煙滅

睡到半夜，外頭有人劈里啪啦拍門。

我因認床，睡得不沉，聽他拍了片刻，起身披了件外袍去應門。門外頭涼幽幽的星光底下，卻是奈奈一雙眼熬得通紅地端立在我面前，手中抱著沉睡的糰子。一見著我，糾結在一處的眉梢舒展不少，急急道：「上神昨日說小殿下三更便能醒轉，如今已過了三更，小殿下卻仍沒醒的徵兆，反倒是小臉越來越紅，小婢急得很，也沒別的法子，才來驚動上神……」

瞌睡瞬時醒了一半，奈奈進屋點了燭火，我將糰子抱到床上從頭到腳摸了一遍，方寬慰下來。

小娃娃的酒量自然淺，我卻沒料到糰子的酒量竟淺到這個地步。瞧著奈奈仍是焦急，與她安撫一笑道：「等閒的小娃娃被果酒醉倒，確然三更便醒得過來，但這回倒是我低估了糰子，照他這勢頭，大約是要睡到明天早上。他這一張臉變得紅撲撲的，是個好症頭，正是酒意漸漸地發出來，妳不必過憂。」

奈奈明顯鬆了一口氣。

我瞧著她那一雙通紅的眼睛，心中一動，道：「妳該不會自抱了糰子回來，便一直沒合過眼吧？」

她不好意思地笑了笑。

本上神是位體恤下情的上神，自然不願見奈奈這等好姑娘下半夜也合不了眼，遂將糰子身上的小衣裳扒拉下來，用雲被裹了，推進床裡側，與奈奈和順一笑道：「我時不時地再渡他些仙氣，管保明日起來又是一個活蹦亂跳的糰子，但小娃娃飲了酒，酒醒了須得喝些燉得稠稠的黏粥，妳先回去睡一睡，養足精神，明早好燉些粥端過來。」

奈奈躊躇了一會兒，道：「但小殿下若是擾了上神安歇……」

我伸手拍了拍糰子的臉道：「妳看他如今睡得這樣，便是將他團起來滾一滾，直滾到他的慶雲殿，他也不會曉得，哪裡能擾得了我的安歇。」

奈奈噗哧一笑，矮下身子與我福了一福，又吹熄了蠟燭，才恭順地退出去。

糰子雖沒什麼大礙，但臉上身上不停地發汗，面上看起來是睡得沉，實則怕有些難受。我打來一盆水，施了術法將整間屋子都弄得暖和些，揭開他身上的雲被，將他剝得光溜溜的，隔半盞茶便為他擦一擦身子。從四更天一直折騰到卯日星君出門當值。

這一夜，豈是擾了我的安歇。我在心中唏噓了兩聲，將衣裳一件一件給糰子穿好，才曉得帶孩子的不易，對夜華的欽佩瞬間唰唰唰又噌上去兩三分。

奈奈送粥過來時，我正幫糰子收拾完畢，尚未將地上的水盆端出去。

奈奈默默瞧了瞧地上的水盆，愣了片刻，蹲下來將盆中的白帕子擰起來，又將水端出去倒了。

她推門回來時我正洗漱完畢，在嘗她做的粥。這粥做得爽口，怕小孩子挑口，還放了糖，做的是碗甜粥。我昨夜令她回去做一碗粥來，本是尋的一個藉口，那時我自然曉得，糰子今日並不會早早醒過來。

糰子今日也確然沒有那麼早醒過來，自然夠不上受用這碗爽口的甜粥。

我可惜地看著眼前這碗粥。

倘若粥也能有意念，我面前這一碗，想著自己辛辛苦苦在鍋子裡翻來覆去被燉了那麼久，好不容易熬到出鍋盛盤，卻只能空待涼去，等得個被倒掉的下場，它們該有多麼的哀怨。

我悵然唏噓了兩聲。

奈奈抿嘴一笑道：「小殿下尚未醒過來，這粥放涼了也不好，上神還未用早膳吧，若不嫌棄，且請上神嘗一嘗小婢的手藝。」

既是她慇懃在先，我怎好推辭，呵呵笑著受了。

剛把一碗粥喝完，昨日伺候我下水的十八個仙娥，已浩浩蕩蕩地來到我暫住的這方院子跟前，領頭的兩個手中各捧了備著早膳的食盤，另外的十六個仍是端的花果酒水之類。我在心中嘆了兩嘆，果真是天界氣度，靈寶天尊待客忒厚道，忒周全。

我已用了早飯，本欲令領頭的兩個仙娥將那裝了早膳的食盤撤回去，卻見食盤中放的大多是糕點之類。糰子睡了一夜零半日，醒來正好可以墊一墊肚子，便轉念令她兩個將食盤放下了。只留了奈奈在房中守著糰子，我隨著這一溜水靈靈的仙娥們仍去靈寶天尊那汪天泉裡泡著。

九重天上的路，甚多奇石假山點綴，這些山石長得巨大又綿延，瞧著雖有趣，走起路來卻不方便。

有些路，原本是寬敞的大道，中間偏要擱一塊綿長巨石，生生將大道一分為二劈成兩條小徑。倘若走這樣的路，就有些講究了。其中最要緊的一條是，萬萬說不得旁人的是非八卦。試想石頭的另一側此時正立著此件八卦的事主，該如何了結？倘若此件八卦的事主還是個厲害且小心眼的事主，又該如何了結？

如此，眼下與我只隔了一道石頭的兩個不知在何處當差的小仙娥，實在要感激本上神寬宏大度，不是個小心眼的事主。若今日她二人遇上的是司命星君，後果真是不堪設想。

起初我停下腳步，不過是因這兩個背地裡議人八卦的小仙娥提到了繆清公主。

昨夜我沒等夜華料理出個結果便回屋歇了，雖覺得繆清同素錦鬧的過程挺沒意思，可對這樁事的結果，還是頗感興趣的。這正如看一個戲本子，雖才看到一半已猜得著過程和結果，另一半過程當然可以略去不看，可結果卻無論如何要翻一翻，看看自己當初是猜得對，還是不對。現下，我揣的就正是此種心情。

兩個當值偷懶的小仙娥其中一個道：「那東海上來的繆清，我當初一見她，便曉得她是個不安分的，昨夜果然出事了。」

另一個道：「也不知她到底犯了什麼事，我去問昨夜替君上當值的紅鴛姐姐，她怎麼也不願說，還將我罵了一頓。」

前一個又道：「想來是椿很見不得人的事，才將君上引得一定要將那繆清趕下東海去。卻聽說昨夜我們娘娘還去為那繆清求了情，在君上的書房裡跪了半夜。」

後一個感嘆了一聲道：「娘娘這又是何必。不過話說回來，我們娘娘真是位萬中無一的娘娘，人長得美，性子也和順，卻不知君上為什麼瞧不上她。我分到娘娘殿中以來，還從未見君上來探過一回娘娘。便是上回北海那條巴蛇養出來的那位不像樣的少爺攪出來那樣一樁不像樣的事，天君都震怒了的，卻聽說雪燭姐姐奔去書房將這事報給君上時，君上連眼皮也沒抬。」

前一個同感嘆道：「雖說這不是我們做婢子的該計較的，可娘娘畢竟是君上的側妃，君上卻像洗梧宮中根本沒住著娘娘這個人似的，忒涼薄了些。娘娘不容易，真是不容易。」

後一個再道：「君上如今是被青丘那位九尾狐的上神迷了魂道，我聽說九尾狐這個仙族慣於迷惑人。那位上神將來還會是君上的正妃。如今她同君上還未成婚，已將君上纏得這樣緊了，不知成了婚後卻是番什麼樣的形容。幾個月前君上就被她纏得一直住在青丘，娘娘怕君上耽於私情而將手上的正事荒廢了，特意著了輕畫姐姐去青丘好意提點，卻不想一番苦心，倒被轟了回來。」

前一個亦感嘆道：「哎，我們娘娘這樣善良慈悲，將來怕要吃青丘那位上神的許多苦頭。」

兩人沉默了一會兒，與我同站在石頭這一邊的十八個仙娥皆屏住了呼吸，領頭的兩個便要穿過那石頭去。

我將摺扇抬起來擋了一擋。兩個仙娥惴惴地看了我一眼，我朝她們和藹一笑。

隔壁那兩個小仙娥興致正高，那一默自然只是短暫的一默，想必她們都在那一默中為素錦深深地感懷了一番。我因也經歷過她們這樣的青蔥歲月，料想她們在這個過渡之後，探討的必然要是我這個慣於迷惑人的九尾白狐了。

活了這麼多年果然不是白活的。

其中的一個小仙娥當真道：「妳可聽說，青丘的那位上神，像是已有十四萬歲了。」

另一個驚訝道：「竟有十四萬歲了，這這這……這不是老太婆了嗎？足足比君上年長了九萬歲，都可以做君上的奶奶了。她的臉皮竟能這麼厚，雖說是同君上有過婚約的，但以這樣的歲數霸著君上，也有點太那個了。」

前一個贊同道：「是啊是啊，老不知羞的，定是用術法迷惑了君上吧。哎，只希望君上早日看清這位上神的面目，明白我們娘娘對他的一番癡心，回到娘娘的身邊來。」

這個話基本算是總結了，想必她們這場是非已擺談得盡興。

原本不過想聽一個繆清的八卦，卻不料遇上素錦側妃的婢女在背後將我編排一通。她們這一番話說得何其毒辣，若我還是當年崑崙墟上的小十七，定要將她們修理得爹媽都認不出來。虧得清修了七萬年，如今我已進入了忘我無我，看世間事譬如看那天邊浮雲的上乘之境，自是不與她們計較，只招了方才想要穿出石頭去的兩個領頭仙娥，掩著扇子低聲問道：「我依稀彷彿記得，天界立的規矩裡頭，有一條是不能妄議上神的？」

兩個仙娥愣了愣，點頭稱是，又一致地趕緊道：「這兩個宮娥太不像話，累上神動怒，小婢們自然要報上司部，將她兩個懲戒一番，立一立規矩。」

我咳了一咳，道：「動怒倒沒有，只是偶爾聽得這樣的話，不大順耳罷了。」合起扇子拍了拍她們的肩膀，慈愛道：「話雖這麼說，妳兩個方才也忒莽撞了，說人是非這樣的事，最忌諱的就是中途被人撞破。可想而知，妳們方才若真穿過石頭去，卻教那一雙小仙娥多麼尷尬羞澀。既然她們這個行為違了天界的規矩，遲早要受些懲戒，倒不如讓她們說個痛快。她們說痛快了，妳們也能占個理罰得痛快些嘛。天宮這麼大，總還是要教人曉得，立的規矩不是單立在那裡當擺設的，是不是？不過話說回來，後宮裡最忌諱熱鬧，這雙小仙娥性子忒活潑了些，倒不大適合當這份差了，妳們挑揀挑揀，另為她們謀個合宜的差事吧。」

兩個仙娥受教，連連點頭稱是。

她們自去執天界的法度去了。後面的十六個仙娥仍跟著我。

今日泡在這天泉裡，因沒有糰子在一旁戲水，我覺得有點無趣。

隨侍的十六個仙娥中，有兩個擅音律的，抱了琵琶在一旁撥了個把時辰，令我打發了些時間。可她們再撥得好，如何比得上當年掌樂的墨淵。初聽還覺新鮮，聽多了卻也乏味，順勢打發她們將琵琶收了。

繼續泡了片刻，泡得很空虛。便穿了衣裳，令那十六個仙娥暫守在原地，我先回一攬芳華的院子挑幾本書帶過來，屆時邊泡邊看，再打發些時間。

方走到一攬芳華的大門口，正預備推門，那門卻猛地從裡打開。夜華一手抱著沉睡的糰子，一手握著門沿，見著我，愣了一愣，斂起一雙眉頭來。

東海水晶宮初見夜華時，我便曉得他不大親切，乃是個冷漠的少年。只是同我相交以來，他幾乎從不在我面前做出冷漠形容，時時都笑得春風拂面，便使我有些忘了他本性其實算得冷淡了。此時他臉上的這個形容，令我陡地一凜。

他一雙眸子暗了暗，沉沉道：「阿離像是喝醉了，我探了探，他從昨日到現在竟一直未醒過，是怎麼回事？」

我瞧了瞧他懷中臉色紅潤的糰子，鎮定道：「不過昨天我多餵了他兩壺，讓他醉了個酒罷了。」

他皺眉道：「他醉得睡到現在都沒醒，妳怎的不通報我一聲，也不將他抱去藥君府上看看？」

我訝然道：「小孩子哪裡有那麼嬌貴的，我小時候偷折顏的酒喝，醉得四五天沒醒，也沒見我阿爹阿娘將我送去就醫。糰子又不是個姑娘，你這樣慣著他，待他大些，難免不長得娘娘腔。」

他默了半晌，從我身邊跨過去，乾澀道：「阿離不是妳帶大的，妳便一直只將他當作繼子看，從未當過親生的兒子來疼愛吧。若阿離當真是妳親生的兒子，妳今日，還說得出這樣的話嗎？」

我一愣，待反應過來他這一番話的意思，卻覺得周身血氣都涼了。

從前常聽人說透心涼透心涼，我還琢磨過這個透心涼是種什麼樣的涼法，如今，倒是活生生品一遭箇中滋味。

雖然我沒生過兒子，卻也曉得，若是我白淺的親生兒子，怕待他倒沒這麼上心。也正是憐憫糰子小小年紀，親娘便跳了誅仙台。三百年裡活過來，沒受著親娘半點呵護，怪可憐見，是以對這糰子，從來都是巴心巴肺的。今日這一番巴心巴肺，卻換來如此評說。

我抖了抖衣袖，對著他的背影冷笑道：「老身哪生得出這樣一個活潑討喜的孩子來，可嘆生出阿離的那位烈女子，當初卻跳了誅仙台。老身師承崑崙墟，修的是逍遙道，可不是承的西方梵境，沒修來一副菩薩心腸，自然待不好阿離。夜華君儲在宮中的那位側妃，依老身看，倒是慈悲又善良，定可以將你這寶貝兒子待得同親生一樣。今後卻叫你的這位側妃將阿離看得緊些，莫讓他在我這裡吃了虧去。」

他背影僵了僵，半晌，道了聲：「妳別說這些話來氣我，我不是這個意思。」便抱著糰子匆匆向藥君府奔去。

瞧著他漸行漸遠的背影，我大感無趣。正要掉頭踏進院子，迎面又撞上來個奈奈。

她一雙眼通紅，見著我，仿似見著西天梵境大慈大悲的觀世音，趕緊扯著我的袖子顫聲道：「上神可見著，方才誰從這院子裡出去了？」

我撫了撫額，柔聲道：「怎麼了？」

她通紅的眼角處啪嗒掉下兩顆亮晶晶的淚珠兒來，哽咽道：「上神責罰小婢吧，都是小婢的錯。上神對小殿下這般好，便是小婢的主子再生，也要感念上神，此番若因了小婢，令小殿下栽到素錦娘娘的手裡，那小婢，小婢……」

我見她說了半日也沒道出個所以然來，文法顛顛三倒四，一言一語甚沒重點，便敲了扇子好意提點道：「別的暫不用多費唇舌，妳方才說糰子栽進素錦手裡，是個什麼意思？」

我這一個提點，終於讓她找到一根主心骨，一件事一件事，接二連三抖得順暢許多。原來我今日剛被靈寶天尊上清境裡的一順溜宮娥領走，那素錦側妃便領了四個隨侍的仙娥駕臨了一攬芳華。說是晨間散步，受一道神聖不可侵犯的仙氣指引，不意散到我暫住的院子附近，便一定要來訪一訪這仙氣的主人，並看一看糰子。

姑且不說四海八荒哪一位神仙的仙氣是神聖可以侵犯的，我懷著一顆大度的心，只當這是個不大合宜的恭維。然那素錦昨夜同夜華和繆清不知鬧到什麼時辰，今日一大早，還能有這麼好的精神頭大老遠地來我這處散一散步，卻教我佩服。

說是夜華從不許素錦見糰子，也不許她靠近一攬芳華半步，作為四海八荒的典範，她也一直守著這個規矩，今日卻不知抽了什麼風，將兩條齊齊冒犯了。奈奈有心不願讓素錦進院子，她一個小小的守院仙娥，扛住一介天宮典範的耿耿衷情，十分不易。好歹終歸是扛下了。素錦不甘不願地離開一攬芳華後，奈奈照拂了會兒糰子，便去後院打水。水打回來一看，糰子卻不見了。奈奈便以為，定是那素錦殺了個回頭槍，將糰子抱走了。急急追出來，便正撞上我。

我拍了拍她的肩，安撫道：「是夜華抱走了糰子，同素錦沒什麼關係，妳不必憂心。」

聽奈奈這一番敘述，看得出她防夜華的那位側妃如防耗子一般緊。這箇中的原委，在腦門裡略轉上一轉，也約莫算得出來。多半是奈奈從前服侍的那位夫人——糰子跳誅仙台的親娘，還沒來得及跳誅仙台之前，同素錦有些不對付。

夜華如今待素錦的光景十分不好。

我腦中忽地一道電光閃過，福至心靈打斷奈奈道：「該不會，這位素錦側妃，同糰子她親娘跳誅仙台這個事，有些牽扯吧？」

她臉色唰地一白，頓了半晌，才道：「天君頒了旨意，明令了再也不能提此事的。當初曉得這樁事的仙娥們，也全被天君分去了各仙山，不在天宮了。」

奈奈這個回答雖不算個回答，臉上那一白卻白得很合時機，我心中來回一轉，不說七八分，倒也明白了五六分。

因我們九尾白狐這個族類，在走獸裡乃是個不一般的族類，一生只能覓一個配偶，譬如兩隻母狐狸公然爭一隻公狐狸這樣的事，我活了這麼十幾萬年，從來沒見著過。是以，倘若有兩隻母狐狸要爭一隻公狐狸，能使出些什麼樣的手段，我有些拎不清。但好歹在凡界做相士時，《呂后傳》這樣的抄本野史涉獵了不少，令我今日能做一個恰如其分的推論，推論素錦側妃從前，其實並不像今日這般典範，為了爭寵，將糰子親娘生生逼下了誅仙台。

糰子今年三百歲，可見糰子的親娘跳誅仙台也就是近三百年間的事情，這個事定然也掀起過軒然大波。五百多年前我被擎蒼傷了，沉睡了兩百年，但我從那一趟長睡中醒過來時，卻並未聽得近年九重天上有什麼八卦趣聞，想來正同奈奈說的沒錯，那石破天驚的一樁大事，是被天君壓了。

這一代的天君倒是個有情有義的天君，想必正是念著素錦做過他的小老婆，才特地插了這一趟手。不過他插的這趟手，倒正插在了點子上，令素錦今日，能享一個典範之名。

唔，真是一段血雨腥風的過往。

夜華和奈奈這一番驚擾，所幸沒敗了我尋書的興致。

原以為這九重天上上下下一派板正，藏書也不過是些修身養性的道典佛經，我因實在無聊得很了，才想著即便是道典佛經也拿來看它一看，卻不想東翻西翻的，竟淘出幾個話本子，略略一掃，還是幾個我沒看過的、頗趣致的話本子。我矜持地朝奈奈一笑：「從前住這個院子的夫人，忒有品味了。」

正預備揣著這幾個話本重新殺回天泉泡著，院子的大門卻響了一聲，徐徐開了。

我抬頭一望，夜華儲在後宮中的那位典範，帶著一臉微微的笑立在門檻後頭。

我心中感嘆一聲，這位典範大約是做典範做得太久，身心俱疲，今日竟公然兩次違夜華的令，無怪乎從前有個凡人常說過猶不及，凡事太過了，果然就要出么蛾子。

典範見著我，略略矮身福了福，道：「方才妹妹來過一回，卻不巧誤了姐姐的時辰，本想到天泉去親自拜一拜姐姐，沒承想姐姐又回這院子來了，妹妹便又急匆匆趕過來，還好總算見著了姐姐……」

她的言辭十分懇切，奈何頭臉光滑，半絲兒汗水都沒有，氣息也勻稱得很，委實沒令我看出急匆匆趕過來的光景。

我因今日一大早被這位典範的兩個婢女嚼了舌根，心中略有不爽。且聽她此時「姐姐、姐姐」地喚個不停，方才好不容易順下去的一口氣，騰地又冒上來。我一貫不大愛聽別人叫我姐姐，因當年小時候尚同玄女玩在一處時，她便前前後後地喚我姐姐。玄女這一根刺，刺在我心上許多年，乍一聽典範喚我姐姐，那一根刺便扎得心中越加不快。

我少年時天真驕縱，十分任性，近十萬年卻也不是白調養的，性子已漸漸地沉下來，忒淡泊，忒嫻靜。即便此時看這位典範有些不大順眼，仍能揣著幾個話本子敷衍：「妳拜我的心既如此急切，為何昨夜初見時不拜，卻這個時候來拜？」

她一張笑臉倏地一僵。

近旁一株碩大的桃樹底下立了張石桌，周邊圍了兩三只矮石凳，我估摸著同她這一番嘮嗑還須得磨些時辰，踱過去自坐了。

典範僵了一僵，半晌，筆直地挺著她的身子，扯出來個笑容道：「天宮與別處有些個不同，若是一場慎重的參拜，必得收拾出合宜的禮度，才顯得出參拜者的虔誠。按照天宮的禮節，姐姐方至天宮妹妹便該來參拜的，可這件大事情，君上卻沒同妹妹提起，是以昨夜初見，妹妹竟沒認出姐姐來，殿前失儀，倒讓姐姐笑話了。今晨妹妹本欲來此拜會姐姐，卻又延誤了時辰。此番妹妹來得這樣遲，便先給姐姐賠不是了。」

她這一番話說得滴水不漏，果真不愧為四海八荒一眾後宮的典範。可那幾聲姐姐，實在叫得我頭暈。

我撫額抬了抬手中的扇子，點頭道：「卻是我初來乍到，不懂這九重天上的規矩了，無妨，這規矩聽起來倒是個挺有趣的規矩，那妳便依著這個規矩，快些拜吧。」

她愣了好一會兒，回神道：「方才，妹妹已經拜過了啊。」

她這個話說得十分新鮮。我回過頭去從頭到尾細細想一遍，卻只想得起來她矮下身來略略那一福。難不成，那略略的矮身一福，便算她這個沒甚斤兩的太子側妃拜了我這個修了十四萬年才修煉成功的上神了？

這天宮的規矩，聽起來倒像模像樣，做起來，委實水了些！

我心中不滿，但因我是個大度的仙，不甚計較這些虛禮，於是只將幾絲不大順的氣沉到肚子裡去，寶相莊嚴地頷首道：「哦，拜過了啊，這個拜法真是個平易近人的拜法……」

我一句話尚未說完，一直盈盈立在一旁的典範，連方才拜我那一拜都只是略略動了動腿彎的典範，卻撲通一聲跪了下來，兩手一揖，伏倒在地。院門口有一片衣角隱約閃過。

我抽了抽嘴角，咳了聲，道：「妳這又是在做什麼？」

典範抬起一張剛柔並濟的臉，澀然道：「方才那一拜，妹妹正是依的側妃拜正妃的規矩，此番的這一拜，卻是要拜恩人，姐姐這幾月來對阿離的照拂，實讓妹妹感激不盡。阿離打小便失了母妃，怕姐姐也聽說過，將姐姐認作他的母妃，想來也是因姐姐蒙上臉來的模樣，同他親生的娘沒什麼區別，還望姐姐多擔待些。君上對阿離的母妃用情很深，阿離的母妃當年跳誅仙台，君上跟著一同跳了下去，天君將他救上來時，還只剩半口氣，一身的修行也差點化個乾淨，在紫宸殿躺了六十多年。那時，若不是君上的母妃日日抱著阿離到他床前，一聲一聲地喚他父君，指不定君上就再醒不來了。姐姐瞧，這一攬芳華滿院的桃花，便是君上醒來之後，為了紀念阿離的母妃種下的。君上這兩百年來沒一時愉悅，姐姐既同阿離的母妃長得像，妹妹實在要覺得，這是個緣分。如今妹妹的這一拜，其實也望著姐姐能早日同君上成婚，以慰藉君上那顆已死了一半的心。」

我默默地望著典範片刻，心中一動。

她這一通表白，真是表得我心生感慨。

既是想點透本上神在糰子他爹跟前是糰子他娘的替身，便應點得更加通俗易懂一些。似她這般九曲十八彎地繞，虧得本上神英明，在凡界遊蕩時瞧了許多這樣橋段的戲本子，方能入木三分地領會她這個話背後的意義，若是換個鳳九這樣一根筋的，豈不是白費了她一番心思？但她這一大拜卻拜得好，只膝彎裡一跪，便將這番原本像是挑撥的話，曬得親切又自然，甚至貼心貼肺。

我雖領會透了典範這些話背後的含意，卻十分遺憾不能遂了她的心思，同夜華大動一場干戈，就他愛我還是愛糰子娘這個話題，吵個天翻地覆、地覆天翻。

其實典範也不大容易，現今夜華對她的光景很不見好，她對夜華倒是看得出來深種了情根。這麼一齣郎無情妾有意的風月戲，郎心如鐵鐵得任爾東南西北風，我自巋然不動，那有意的妾不定背地裡躲著哭了多少回。她一邊悲苦著，一邊為了刺激自己的情敵，還要講些思慕對象的風流史，順帶將自己也刺激了，可憐見的情敵沒刺激成，自己卻深受刺激，何其可嘆。

我起身踱過去用扇子拍了拍她的肩膀，淡淡道：「妳心底裡求的東西，並不是人人都想要的，做神仙，還是不要做得太聰明。唔，有個事還須提點妳一句，我受四海八荒的神仙朝拜，一向依的是青丘的禮。若是要正經來拜一拜我，提前三日便須沐浴齋戒焚香，三日之後行三跪九叩的禮。這禮雖大，不過，即便是妳的夫君夜華君與我行這樣的禮，我也是受得起的。但我並不愛小的們這樣正經來拜我，揖一揖手，心意到了便是了。倘若今後妳還要提說正經來朝拜我，便依我青丘的禮，做不到，便不要再跟我提什麼天宮的規矩。再則，我阿娘並沒給我添什麼妹妹，妳這小小的年紀稱我姐姐也不大合宜，便還是依照禮度，稱我一聲上神吧。」

這一番話說完，我心情略有順暢。眼風裡不意瞟到她伏在地上的一雙手，緊緊收成拳頭。小孩子家，面上雖做得滴水不漏，到底還有些少年意氣。

我嘖嘖嘆了兩聲。招了奈奈，繞過地上的典範，出門再次朝那上清境的天泉殺去。

看不出夜華倒是個情種。

得出這個認識，卻不知怎的，令我心中微悶。

可他當初既愛糰子娘愛得那樣深，若典範確是照我推斷的為了爭寵親自將糰子娘逼得跳了誅仙台……

以他那冷情冷面的性子，還不早將典範劈了？

我揣著這個疑問一不留神唸叨了出來。

走在一旁的奈奈低聲道：「上神料得不錯，是劈過一回的。」猶疑了一會兒，再道，「那時君上方醒過來，身上不濟，且萬念俱灰，沒有一絲活氣息，整日只一個人關在殿中，連小殿下也不理。君上的母妃樂胥娘娘十分憂心，便著了奴婢去寬慰君上。那時，也只當奴婢說起奴婢的主子來，君上才能略有動容。君上醒來不過兩月，天君便著了一頂軟轎要將素錦娘娘抬進洗梧宮。那一日風和日麗的，是個黃道吉日，素錦娘娘卻沒能進得了洗梧宮，奴婢親眼見著君上面無表情將一把冷劍刺過她的胸膛。奴婢看著那像是致命的一劍，遺憾天君卻及時大駕將她救了回去。後來，上神便也見著了，她由天君保著，成功入了洗梧宮，不過君上只當她是養著我家主子眼珠的一個罐子罷了。伺候她的一些宮娥常覺著她可憐，可奴婢卻覺著她是自作自受。」

我訝道：「眼珠？」

奈奈咬牙道：「她那一雙眼珠，正是從奴婢命苦的主子身上偷來的。」

我沉吟了半晌，若往常遇到這種奇異的事，定要追一個根究一個底，此番卻不知怎的，心中隱有抗拒。我嘆息了一聲。

奈奈一雙眼微紅道：「往常奴婢天真，奴婢的主子也天真。這樁事後奴婢才明白，主子當初能在天宮平安待過三年，實屬不易。樂胥娘娘說君上以為將自己的心思瞞住，便能保住主子。可他的心思瞞住了天上諸位神仙，包括主子，卻終於沒瞞過唯一想瞞過的天君。」

她這一番話說完，突然煞白了一張臉，猛然回神似地嘴唇抖了幾抖：「奴婢失言。」

她說了許多，前邊的還有些條理，後頭的我卻委實沒怎麼聽懂，也不曉得她哪裡失了言，只是心中模糊地一緊。

伴隨心中這一緊，拐過一攬芳華，有一股騰騰的瑞氣迎面撲來。

四海八荒一眾神仙裡頭，仙氣能卓然到這個境界的，左右不過四五個。這四五個裡頭，又以情趣優雅，品味比情趣更優雅的折顏上神最為卓然。如今，這個最卓然的折顏便攏著一雙袖子靠在一攬芳華的牆根邊兒上，樂呵呵地看著我笑。

我呆了一呆。

方才素錦大拜我時，從院門口閃過一片衣角，我隱約一瞟，估摸著像是折顏。但料想他此番應是在青丘陪伴四哥，也沒甚在意，不承想，那一片花裡胡哨的衣角果然是他的。

我因遷怒，對素錦說的那一番話不大客氣，回頭一想，卻委實有些掉上神的分子，此番折顏竟將我那番掉分的言語聽個徹底，令我微有汗顏。

他兀自樂了一會兒，兩三步踱到我跟前，道：「許多年沒見妳使小性了，今日來聽這個牆腳，卻聽得很有收穫。真真常埋怨我當初將妳送去崑崙墟送錯了，不過學一個藝，卻學得整個人都不大靈光，全沒有他帶著妳時的天真活潑。如今看來，妳還不算無可救藥嘛。」

如今我已是十四萬歲高齡，按凡人的算法，譬如一個老態龍鍾的太婆，若仍舊如同少年時代一般天真活潑……我試著進行了想像，發現太嚇人了。

因我一向是個服老的，是以心中才能有這樣一番明透事理的計較，然折顏一向是個不服老的，我這一番英明計較，自然須吃回肚子裡。只順著他的話，搖著扇子謙虛道：「夜華的那個側妃委實不大合我的意，我雖一向偏愛機警靈敏的小神仙，但機警靈敏過頭了，跑到我跟前來自作聰明的，我卻不大喜歡了。所以本著長輩對小輩的看顧之心，略略訓誡她兩三句，實在算不得使小性，你過獎了，過獎了。」

他微微又笑了笑。

其實往常折顏並不似這般愛笑，但他近日春風得意，日子過得很滋潤，自然多笑些。待他笑夠了，我才開口問他：「夜華昨日才將我領上這九重天，你今日便趕著跟上來，你上來這一趟，絕不是只為了來聽我的牆腳吧？」

他咳了聲斂住笑容，眼風裡朝立在我一旁的奈奈掃了掃。奈奈不愧在九重天上兜轉久了的，察言觀色是一把好手，立時伏身一拜：「小婢先去上清境候著上神。」

我點了點頭。

折顏一向不大正經，待奈奈走得遠了，卻收拾出一副凜然的莊重模樣來。

他這個模樣，令我心中陡地一顫。

三百年前，自我從那場沉睡中醒過來，發現師父的仙體不用我的心頭血也保存得很好時，他端出的便正是這副模樣，斂著眉沉著臉，敲著炎華洞的冰榻緩緩安慰我：「墨淵興許要回來了。」害得我空歡喜一場。

如今，我愣愣望著他一雙細長的眼睛，心中不長進地隱隱又生出絲念想。但害怕這個念想終歸又是個行將落空的念想，一狠心，往噌噌上躥的這個念想的小火苗上狠命澆了桶涼水。

聽得心尖上「滋啦」一會兒響過之後，我沉穩地將兩隻握緊的手揣進袖子，淡淡道：「你便將關子這麼賣著吧，左右我也不急。」

他收起那副莊重嘴臉，倜儻一笑，道：「若是我說墨淵要醒了，妳也不急嗎？」

方才還在火中炙烤的一顆狐狸心猛地一躥，直躥到我的嗓子眼。我聽到自己啞著嗓子的一句回話：「你，你又是在騙我。」這一句話，竟微微地帶著兩聲兒哭音。

他愣了一愣，斂了本就不深的笑容，眉頭擰成一個「川」字，過來拍了拍我的背：「丫頭，這回絕不是在騙妳了。前幾日我同真真去西海辦一趟事，遇著那西海水君的大兒子，那時我覺著他身上的仙氣有些不一般，便施了追魂術查探了一番。這一番探查下來，竟教我發現他身上有兩個魂魄，一個是他自己的，另一個，」他頓了頓，低聲道，「便是妳的師父墨淵的。」

我垂頭瞧著自己從裙子底下隱約露出的一雙繡花鞋，木然道：「你怎知道，那西海水君大兒子身上的另一個魂魄，就是墨淵的？往常，我看凡界的筆記小說，便有那神怪故事，說男子也能懷娃娃，興許你探出的那另一個魂魄，是西海大皇子瞞著老父老母懷的兒子呢。」

我因低著頭，眼前莫名有些潮，不大看得清折顏的神情，只聽得他嘆息一聲道：「使出追魂術來，自然能對一個魂魄追本溯源。西海大皇子身上沉睡的那一個魂魄，我追著它的源頭探過去，卻探得它是靠著破碎魂片自身的靈力，一片一片重新結起來的，試問這四海八荒，還有哪個能憑著魂片自身的靈力，將一個碎得不成樣子的魂魄重新結起來？也只能是墨淵有這個本事了。再則，他是父神的嫡子，我是父神養大的，小時候一直處在一處，他的仙氣，我自然也是熟悉的。從前，妳說墨淵灰飛前囑咐你們十七個師兄弟等他，我只以為那是他留給你們的一個念想，教你們不必為了他難受，他雖一向言而有信，卻終歸敵不過天命。直至在西海大皇子身體裡探得他沉睡的魂魄，才教我真正佩服，墨淵這一生都未曾教他著緊的人失望過，這才是崢嶸男兒的本色。怕他是用了七萬年才集好自己的魂魄，那魂魄如今還有些散，暫且不能回到他原來的身體裡，須得藉著旁人的仙力慢慢調養，待調養好了，才能回到他自己的身體裡真正醒來。想必正是因為如此，墨淵才令自己的魂魄躺進了西海大皇子的身體，藉以調養。但那大皇子的根骨不過普通爾爾，一身仙力除了自己苦修，還要分來調養墨淵，漸漸地就將身子拖得有些弱了。墨淵既是將魂魄寄在他這副不大硬朗的身子骨裡，少不得還要調養個七八千年。我探明了這樁事，本打算立刻便告知妳。但一回來卻見妳傷得那麼重，也就瞞了，怕擾了妳的心神。昨日容妳泡了一日天泉，想著妳也該好得差不離了，今日我便特地上天走一趟，將這個事傳給妳。」

他說了這麼一大通，每一個字都進了我的耳朵，卻在腦子裡擠巴擠巴攪成一鍋米漿，神思被這鍋米漿擠到九天之外，令我十分糊塗。

心心念念了七萬年的大事，今日竟修成了正果。我不能置信地哽了半日，恍惚裡抓住折顏話中的一個漏洞，急急道：「師父他，他若然借用了那西海大皇子的仙氣來供自身調養，欠下的這一樁債，卻該怎的來償？」

折顏咳嗽了一聲，緩緩道：「墨淵既挑的是那西海大皇子，自然有他的道理，或許是他，或許是他的家族曾欠下墨淵什麼恩情，此番，是在報恩吧。」

話罷扳著我的肩，一隻手抬起我的頭，鎖眉道：「丫頭，妳哭什麼？」

我胡亂在臉上抹了抹，確然觸到了一片水澤，膝蓋一軟，便跪倒在地，甚沒用地抓住他一角衣袖，訥訥道：「我，我只是害怕，怕這又是一場空夢。」

第十八章　近鄉情怯

折顏一席話，教我再沒心思待在九重天。我雖同夜華有些嘔氣，可上得上清境療傷一事，終歸欠他人情，倘若不告而別，便真正沒度量；倘若跑到他跟前去告一回別，又顯見得我沒面子，遂留書一封，言辭切切，對他近兩日的照拂深表了謝意。便與折顏一道跨過南天門，匆匆下界。

即便墨淵此刻還只是那西海大皇子身上一個沉睡的魂，我也想去瞧一瞧他。這一顆奔赴西海的殷切的心，正譬如山林中一隻早早起來捉蟲的大鳥，捉得一口肥蟲子時，歡欣地撲稜著翅膀急急往鳥巢裡返，迫不及待要將這口蟲子渡給巢中的雛鳥。

從九重天下西海，騰雲需騰個把時辰，折顏踩著雲頭感到無趣，一路在我耳旁絮絮叨叨。萬幸近日他同四哥過得順風順水，才教我一雙耳朵逃過一劫，沒再翻來覆去地聽他講四哥那一樁樁一件件丟人的舊事。

折顏此番絮叨的乃是西海水君一家的秘辛，我寶相莊嚴坐在雲頭，聽得津津有味。

東南西北四海的水君，我印象最淡的，便是這個西海水君。開初我以為，大約是我在青丘待得久了，沒時常關懷關懷小一輩的神仙，才令他在我這裡的印象十分寡淡。如今聽折顏一說，方曉得原是近兩代西海水君為人都十分低調，才令西海一族在四海八荒都沒甚存在感。然就是這樣一位保持低調作風一保持就是很多年的西海水君，近日卻做了件很不低調的事情。

這件事情，正是因他那被墨淵借了身子骨調養魂魄的西海大皇子疊雍而起。說是自六百多年前開始，疊雍那一副不大強壯的身子骨便每況愈下，西海水晶宮的藥師們因查不出癥結，調理許久也沒調理出個所以然來。請了天上的藥君來診斷，藥君帶了兩個小童上門來望聞問切一番，拈著鬍鬚兒開了兩服藥，這兩服藥卻也只能保住疊雍不再咳血罷了。藥君臨走前悄悄兒拖著西海水君到角落裡站了站，道疊雍大皇子這個病，並不像是病在身上，既然沒病在身上，他區區一個藥君自然奈何不得。

眼見連藥君都無計可施，西海水君一時悲憤得急紅了眼，思忖半日，乾脆弄出個張榜求醫，亮堂堂的榜文貼滿了四海八荒，上頭寫得清清楚楚，三界中有誰能醫得好西海大皇子的病，男的便招進來做西海大皇子妃，女的便招進來做西海二皇子妃。

唔，是了，這西海大皇子疊雍，傳聞是個斷袖。

西海水君因一時急糊塗了，出的這個榜文出得忒不靠譜。誠然天底下眾多的能人都是斷袖，譬如當年離鏡的老子擎蒼，但還有更為眾多的能人並不是斷袖。他一襲不靠譜的榜文，生生將不是斷袖的能人們嚇得退避三舍，待終於發現張貼出去的榜文上的毛病，這榜文已猶如倒進滾油鍋裡一碗涼開水，將四海八荒炸得翻了鍋。

從此，西海水君庭前，斷袖們譬如黃河之水，以後浪推前浪的滔滔之勢，綿延不絕。可嘆這一幫斷袖雖是真才實學的斷袖，卻並非真才實學的能人。

墨淵的魂魄藏得很深，非是那仙法超然到一個境界的，絕瞧不出疊雍身體裡還宿著另一個日日分他仙力的魂魄。

於是乎，大皇子疊雍被折騰得益發沒個神仙樣。西海水君的夫人瞧著自己這大兒子枯槁的形容，十分哀傷，日日都要跑去夫君跟前哭一場，西海水君也很哀傷。

人有向道之心，天無絕人之路。疊雍那同父同母的親弟弟，二皇子蘇陌葉，同我的四哥倒有一番酒肉朋友的好情誼。說四哥從西山尋了畢方回十里桃林後，有一日同折顏鬥了兩句嘴，心生煩悶，一氣之下殺去西海水晶宮尋蘇陌葉喝酒。

正碰上西海水晶宮一派愁雲慘淡之時，二皇子蘇陌葉多喝了幾杯，飲得醺醺然，靠著四哥將家中這樁不像樣的事，挑巴挑巴和盤托出。四哥聽了蘇陌葉家中這一番辛酸遭遇，惻隱之心油然而生，當即表示可以請十里桃林的折顏上神來幫一幫他。縱然折顏對自己的定位很明確，是個「退隱三界、不問紅塵，情趣優雅、品味比情趣更優雅的神秘上神」，本不欲蹚這一趟渾水，可扛不住四哥一番割袍斷交的威脅，終歸還是揣著上神架子奔去了西海。這一奔，才奔出墨淵快醒來的天大喜訊，圓滿了我的念想。

折顏挑著一雙桃花眼道：「我同真真離開西海時，答應了西海的一群小神仙，隔日便會派出仙使去西海親自調養疊雍。要令墨淵的魂魄恢復得順遂，那疊雍的身子骨確然也該仔細打理一番。」

他說得雖有道理，我皺眉道：「可你那桃林中卻什麼時候有了個仙使？」

他倜儻一笑道：「上回東海水君辦的那個滿月宴，聽說有一位白綾縛面的仙娥，送了東海水君一壺桃花釀做賀禮，自稱在我的桃林裡頭當差？還說那仙娥自稱是九重天上太子夜華的親妹妹，幾個老神仙去九重天打探了半月，也沒探出來夜華君有什麼妹妹，後來又跑到東海水君處證實，原來那仙娥並不是位仙娥，卻是位男扮女裝的仙君，因同夜華有些個斷袖情，才堂堂男兒身扮作女紅妝，假說自己是他的妹妹，以此遮掩。」

我抽了抽嘴角：「東海水君其人，這個話編得，何等風趣，哈哈……何等風趣。」

能親手調養那西海大皇子的仙體，以報答墨淵，我十分感激折顏。可他此番卻非要給我安個男子身分，再將我推到一位斷袖的跟前，這份感激就打了對折。我頗後悔，既沒了四哥在前頭擋著，那日東海水君的滿月宴，便不該祭出折顏的名頭來。

折顏眼風裡斜斜一瞟，我望了會兒天，搖身化作一個少年模樣，面上仍實打實覆著那條四指寬的白綾。

煎熬了個把時辰，總算到得西海。

折顏端著一副凜然的上神架子將我領進海中，水中兜轉了兩三盞茶，瞧得一座恢宏宮邸前，西海水君打頭的一眾西海小神仙們盛裝相迎的大排場。

因我是被折顏這尊令人崇奉的上神親自領進西海的，即便他口口聲聲稱我只是他座下當差的一名仙使，西海的水君也沒半點怠慢我。依照禮度，將折顏恭請至大殿的高位上，仔仔細細泡了好茶伺候著，又著許多仙娥搬來一摞一摞果盤，令他這位上神歇一歇腳。

折顏歇腳，我自然也跟著。

我的二哥白奕，幾萬年前有段時日曾醉心文墨，常拿些凡界的酸詩來與我切磋。其中有一首是一個凡人們公認雖無德卻有才的大才子寫的，全篇記不清了，只還略記得其中兩句，叫作「近鄉情更怯，不敢問來人」。二哥細細與我解釋，說詩人遠走他鄉，多年杳無音信，此番歸心似箭，回得故鄉來，可離家越近，越不敢向旁人打探家中消息。這兩句詩，將詩人一顆嚮往又畏懼的心剖白得淋漓盡致，非大才不能為爾。彼時我聽了四哥一番話，心中並不苟同，只覺得這詩人思鄉情切卻又裹足不前，究竟是怎樣一個精神分裂啊。

直至今日，我才悟出那兩句詩的高深含意，才曉得作這首詩的凡人確有幾分大才。因我此刻坐在西海水晶宮的大殿之上，懷中揣的，便正是一顆近鄉情怯之心。既想立刻見著墨淵的魂，又怕立刻見著。

折顏並沒歇多久，閉著眼睛喝了兩口茶，便提說還有要事須得走了。因他是揣著上神的架子說這個話，西海水君即便有那個心想留他一留，也礙於他不苟言笑的凜然神色，只得招呼一眾西海小神仙再前呼後擁地呼啦啦將他送出去。

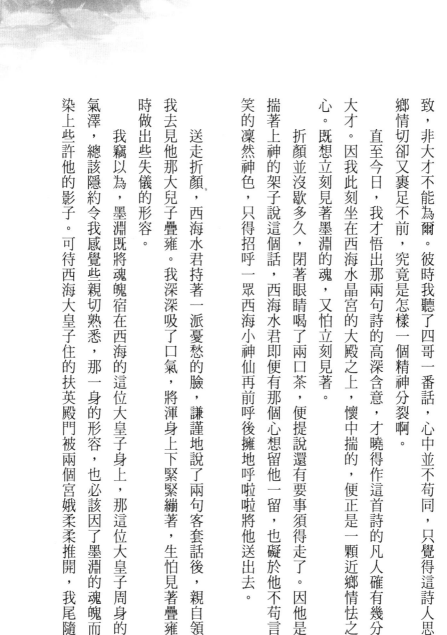

送走折顏，西海水君持著一派憂愁的臉，謙謹地說了兩句客套話後，親自領我去見他那大兒子疊雍。我深深吸了口氣，將渾身上下緊緊繃著，生怕見著疊雍時做出些失儀的形容。

我竊以為，墨淵既將魂魄宿在西海的這位大皇子身上，那這位大皇子周身的氣澤，總該隱約令我感覺些親切熟悉，那一身的形容，也必該因了墨淵的魂魄而染上些許他的影子。可待西海大皇子住的扶英殿門被兩個宮娥柔柔推開，我尾隨著西海水君踱進去，見著半散了頭髮歪在榻上發呆的疊雍時，一顆心，卻驀然沉了下去。

躺在床上的這個病弱青年，眉目雖生得清秀，可氣派上過於柔軟，一星半點也及不上墨淵。那形於外的周身的氣澤，也是軟綿綿模樣，沒半分博大深沉。

乍一看，要讓人相信他身上竟宿著曾在四海八荒叱吒風雲的戰神的魂魄，比要讓人相信公雞能生蛋且直接能生出一枚煎熟了的荷包蛋還難。

想是墨淵的魂魄實在睡得沉，一星兒也沒讓疊雍得著便宜，沾染些他沉穩剛強的仙氣。

西海水君在一旁語重心長地絮叨了半日，大意是告知他這兒子，他面前立著的這一位瑞氣千條的仙君，便正是折顏上神座下首屈一指的弟子。今後他這幾百年不癒的頑疾，要全權地仰仗這位仙君來打理，望他能懷著一顆感激的心，小心配合這位仙君。

唔，「這位仙君」，堪堪指的正是不才在下本上神。

西海水君那一番絮叨實在絮叨，我同疊雍無言地兩兩相望。

伺候疊雍的小婢女搬了個繡墩置到床榻前，供我坐著同疊雍診脈。我顫抖著一隻手搭上他的腕，這一部脈不虛不實，不緩不洪，不浮不沉，正如折顏所說，再正經不過的脈象。

西海水君甚操心，趕緊地湊過來：「小兒的病……」

我勉強回他一笑：「水君可否領著殿中的旁人先到殿外站站？」

將殿中的一眾閒人支開，乃是為了使追魂術探墨淵的魂。追魂術一向是個嬌氣術法，若非修到了上神這個階品，縱然你仙法如何卓越，要將它使出來也是一百個不可能。且使的時候必得保持方圓百尺內氣澤純淨平和，萬不能有旁人打擾。

自我進殿始便一心一意發著呆的疊雍輕飄飄掃我一眼，我朝他親厚一笑，一個手刀劈過去。疊雍睜大眼睛晃了兩晃，歪歪斜斜橫倒在床榻上。

許多年沒使追魂術，所幸相配的咒語倒還記得清清楚楚。雙手間列出印伽來，殿中陡然鋪開一團扎眼的白光，白光緩緩導成一根銀帶子，直至疊雍那方光潔的額頭處，才隱隱滅了行跡。我呼出一口氣來，小心翼翼將神識從身體中潛出去，順著方才導出的銀帶子，慢慢滑進疊雍的元神裡。這一向是個細緻法術，稍不留意就會將施術人的神識同受術人的元神攪在一起，半點馬虎不得。

疊雍的元神中充斥的全是虛無銀光，雖明亮，卻因是純粹的明亮，便也同黑暗沒什麼區分。我在他的元神中糾纏了半日，也沒尋到墨淵的沉睡之地，來來回回找得十分艱辛。正打算退出去再重使一趟追魂術，耳邊卻悠悠然傳來一陣熟悉的樂聲，沉穩悠揚，空曠嫻靜，我竟依稀還記得，調子約莫正是那年冬神玄冥的法會畢時，墨淵用太古遺音琴奏的一曲大聖佛音。我心中跳了兩跳，趕緊打點起十足的精神，循著樂音跌跌撞撞奔過去。

卻在被絆倒的一瞬，大聖佛音戛然而止。

我一雙手抖抖索索去摸方才絆倒我的東西，觸感柔軟溫和，似有若無的一絲仙氣緩緩爬上手指，在指間糾結繚繞。神識流不出眼淚，卻仍能感到眼角酸疼。我的眼中腦中皆是一派空白，此時我撫摸的這個，正是……正是墨淵的魂。

可墨淵的魂魄卻滄桑成了這般模樣。我的師父墨淵，四海八荒唯一的戰神墨淵，他那強大的戰魂，如今竟弱得只依靠一縷仙氣來護養。

怪不得疊雍同墨淵沒一絲一毫相像。

不過，還好，總算是回來了，折顏沒有騙我，比我阿爹還要親近的墨淵，總算是回來了。

在疊雍的元神裡待得太久，方才神識又經了一番波動，再耽擱下去怕有些危險。這片銀白的虛空雖不能視物，我懷著一顆且憂且喜的心，仍跪下來朝著墨淵的魂拜了兩拜，再循著外界一些混沌之氣的牽引，謹慎地退出去。

解了追魂術，疊雍也悠悠地醒轉過來。

睜開眼見著我一愣，道：「你哭什麼？難不成我這病沒治了？沒治了你也不用傷心得哭啊。就算要傷心得哭一場，那也該是我來哭啊。你別哭了，我這麼拖著其實也沒什麼，左右都拖習慣了。」

我摸了摸面上的白綾，確然有幾分濕意，想是方才神識湧動得太厲害，連累原身灑了幾顆淚珠兒。遂使個小術法將濕潤的幾分白綾敞乾，訕訕笑道：「我是喜極而泣。」

他皺眉道：「你這個人，我原以為你心腸軟，見著我的病感同身受，替我傷心。不想你見我受苦，卻很開心嗎？」

我趕緊回：「哪裡哪裡，因還有救，所以開心。」又拍了拍他的肩膀，將他的衣褶撣平，「你放心，你現在病著，我即便開心，也沒有多麼開心。」

折顏說得沒錯，若僅靠著疊雍這副不大健壯的身子骨，墨淵的魂少不得需調養個七八千年才能回到正身上真正醒來。不過，若能借得天族的結魄燈一用，將他那有些疏散的魂修繕完整，再將我身上這十四萬餘年的修為渡他一半，那他醒來這樁事，便也指日可待。

關於天族的那盞結魄燈，我雖活了這麼大年紀，卻也從沒見過，只在典籍中瞄過一些記載。這些記載皆稱結魄燈乃是大洪荒時代父神所造，能結仙者的魂，能造凡人的魄。

譬如一位仙者被打散了魂魄，若散得不厲害，只將結魄燈在他床頭燃上三日，便能將打散的魂魄結得完好如初。輪到凡人更了不得，即便這個凡人已灰飛煙滅了，只要將帶著這凡人氣息的東西放在燈上燒一回，令結魄燈認準這凡人的氣息，它便能慢慢吸收這凡人當初留在方圓千里內的氣澤。待將這凡人在天地間留下的氣澤都吸得淨了，便能仿著當初那個灰飛煙滅了的魂魄，另造出來個相似的魂魄。

唔，是個一等一的聖物。

施個術令疊雍睡著，跨出扶英殿的門，方才被我趕出來的一眾閒雜人等皆列在一旁忐忑，這一眾閒雜人中卻唯獨不見西海水君。打頭的宮娥很有眼色，我尚未開口問，她已傾身過來拜道：「方才有貴客至，水君前去大殿迎接貴客了。若是些微小事，仙君只管吩咐婢子們就是。」

咳咳，原是西海又來了位貴客。今日西海水君很榮幸啊，本上神同折顏上神兩位威名赫赫的上神駕臨他的地界，已很令他這座水晶宮蓬蓽生輝了，走了這樣的大運，他竟還能再走一次運，又迎得一位貴客。唔，這樣的頭等大運，估摸他萬兒八千年的，也就只能走這麼一回了。

我本沒什麼事吩咐，不過立時要去一趟九重天，找天君借一借結魄燈。然，現今我扮的這個身分卻是個不大像樣的身分，並不能瀟灑來回，是以臨走之前，還須得親自同西海水君說一說。既然眼前這一順溜水靈靈的宮娥都這麼謙然且慇懃，我便隨手點了兩個，勞她們帶我去一趟西海水君迎客的大殿，剩下的仍回去伺候疊雍。

西海水君迎的這位貴客來頭不小。

大殿門口長長列了兩列西海小神仙，一概神色謙恭地垂手立著。挨個兒瞧他們的面相，方才西海水君迎折顏時，全有過一面之緣。

可見，如今殿上迎的那位，即便階品沒折顏高，供的那份職卻必定比折顏重了不少。我急著見西海水君這個事隔著兩串西海小神仙一層一層通報上去，片刻之後，有兩個穿得稍嫌花哨的宮娥出來，將我領進殿中。

本上神料得不錯，這位貴客的階品確然沒折顏高，供著的那份職，也確然比折顏重了不少。

這位貴客，正是尚且同我嘔著氣的，九重天上的天君太子夜華君。

我進來時，他正以手支頤，靠在一張紫檀木雕花椅上，神色懨懨地，微皺著眉頭，一張臉蒼白如紙。衣裳仍舊是上午穿的那身常服，頭髮也未束，同他在青丘一般，只拿一根黑色的帛帶在髮尾處綁了。

我左右掃了眼，大殿中並不見西海水君，再省起一攬芳華跟前他抱著糰子同我說的那番話，氣血猛地上翻，鼻子裡哼了一聲，轉身拂袖欲走。

我同他相距不過六七步，拂袖時隱約身後風動，反應過來時卻已被他一把拽住。

因我拂袖欲走乃是真的要走，並不是耍耍花槍，他來拽我這個動作，若只輕輕地一拽，定然拽不動的。

他想必也懂得這個道理，是以那一拽，乃是重重的一拽。我今日考慮事情不大周全，並沒料到他竟能有如此膽量，不將我這苦修十四萬年的上神氣度放在眼中，來攔一攔我。是以，一個不留神，便被他拽得一個趔趄，直直地撞進他懷中。

我仙氣凜然地將他撞得退了三四退，直抵著大殿中央那根碩大的水晶圓柱子。他卻緊緊抿住嘴唇，死不放手，眼睛裡一派洶湧的黑色。

他手勁忒大，我掙了半日愣沒掙開，正欲使出個術法來，他卻一個反轉，鎖住我雙手，身體貼過來，將我緊壓在柱壁上。

這姿態，委實是個慘不忍睹的姿態，我當初在凡界時看過一本彩繪的春宮，中間有一頁，就是這麼畫的。

神思遊走間，忽覺脖頸處微微一痛。他他他，他竟咬上了，那牙齒，那牙齒也忒鋒利了些！

我被他這麼天時地利人和地使力一壓，全不能反抗。他氣息沉重，唇舌在我脖頸間緩緩遊走，我心中一派清明，身體卻止不住顫抖。莫名的情緒撲面而來，一雙手越發地想掙脫，可掙脫卻並不是為了推開，隱約，這一雙手像要脫離我的掌控，緊緊地摟住他。

腦海中隔了千山萬水響起一個聲音，縹縹緲緲的，他說：「若我什麼都沒了，妳還願意跟著我嗎？」立刻有女子輕笑回道：「除了牆角那把劍，你原本就什麼都沒有，便是那把劍，除了劈劈柴烤烤野味也沒什麼旁的大作用，我不也沒嫌棄你。」

這沒頭沒腦的一字一句將我原本清明的靈台攪得似鍋糨糊，從頭髮尖到腳趾尖都不是自己的了，心底裡溢出彷彿等了千百年的渴望，這渴望牢牢鎖住我，令我動彈不得。他一隻手打開我的前襟，滾燙的唇從鎖骨一路移下來，直到心口處。因餵了墨淵七萬年的心頭血，我心口處一直有個三寸長的刀痕，印子極深。他鎖住我雙手的左手微微一僵，卻鎖得更緊，嘴唇一遍又一遍滑過我心口上的傷痕。我仰起頭來悶哼了一聲。他吻的那處卻從內裡猛傳來一陣刺痛，竟比刀子扎下去還厲害。

這痛牽回我一絲神志，全身都失了力氣般，整個人都要順著柱壁滑下去。

他終於放開手。我一雙手甫得自由，想也沒想，照著他的臉先甩了一巴掌過去。可嘆這一巴掌卻未能甩到實處，半途被他截住，又被拽進他懷中。他右手探進我尚未合攏的衣襟，壓在心口處，臉色仍是紙般的蒼白，一雙眼卻燃得灼灼。

他道：「白淺，妳這裡，可有半點我的位置？」

他這一句話已問了我兩次，我卻實在不知如何回他。他在我心中自然有位置，我卻不知，他說的位置與我說的位置，是不是同一回事。近兩日，私下裡我自己也在默默思量，他在我心中占著的這個位置，到底是個什麼位置。想來想去，卻總是頭痛。

他貼在我胸口的滾燙的手漸漸冰涼，眼中灼灼的光輝也漸漸暗淡，只餘一派深沉的黑，半晌，移開手掌，緩緩道：「妳等了這麼多年，不過是等那個人回來，既然那個人已經回來了，妳這裡，自然不能再給旁人挪出位置來，是我妄想了。」

我猛地抬頭看他：「你怎麼知道墨淵回來了？」雖則不大明白他說這一段話的意思，墨淵是墨淵他是他，墨淵回不回來與他在我心中占個什麼位置全沒關係。可墨淵回來這樁事，按理只該折顏、四哥和我三個人曉得，了不得再加一個迷糓一個畢方，他卻又是從哪裡聽得的？

他轉頭望向殿外，淡淡道：「回天宮前那夜，折顏上神同我提了提。方才去青丘尋妳，半途又遇上了他，同他寒暄了幾句。我不僅知道那個人回來了，還知道為了讓他早日醒來，妳一定會去天宮借結魄燈。」頓了頓，續道，「借到結魄燈呢，妳還準備要做什麼？」

看來該說的不該說的折顏全與他說了。我撐著額頭嘆了一聲，道：「去瀛洲取神芝草，渡他七萬年修為，讓他快些醒來。」

他驀地回頭，那一雙漆黑的眼被蒼白的臉色襯得越發漆黑，望著我半晌，一字一字道：「妳瘋了。」

因每個仙的氣澤都不同，神仙們互渡修為時，若渡得太多，便極易擾亂各自的氣澤，凌亂修為，最後墮入魔道。而神芝草正是淨化仙澤的靈草，此番我要渡墨淵七萬年的修為，為免弄巧成拙，須得一味神芝草保駕護航。將我這七萬年的修為同神芝草一起煉成顆丹藥，服給疊雍食了，估摸不出三個月，墨淵便能醒來。

因神芝草有這樣的功用，當年父神擔憂一些小神仙修行不走正途，將四海八荒的神芝草盡數毀了，只留東海瀛洲種了些。便是這些草，也著了混沌、檮杌、窮奇、饕餮四大凶獸看著。父神身歸混沌後，四大凶獸承了父神一半的神力，十分兇猛。尤記得當年炎華洞中阿娘要渡我修為時，阿爹去瀛洲為我取神芝草回來後那一身纍纍的傷痕。似阿爹那般天上地下難得幾個神仙可與他匹敵的修為，也被守神芝草的凶獸們纏得受了不輕不重的傷，我這一番去，他評得不錯，倒像是瘋子行徑，估摸得撈個重傷來養一養。

他與我本就只隔著三兩步，自他放開我後，我靠著那碩大的柱子也沒換地方。他不過一抬手便將我困在柱子間，一雙眼全無什麼亮色，咬牙道：「為了那個人，妳連命也不要了嗎？」明明我才是被困住的那個，他臉上的神情，卻像是我們兩個調了個角兒。

他這話說得稀奇，若我實在打不過那四頭凶獸，掉頭遁了就是，全用不著拿命去換的。這種地方，我的腦子還是轉得清楚，左右取不回神芝草，我再守著師父七八千年，也沒有什麼大礙。

但瞧著他那蒼白又肅穆的一張臉，我卻突然省起件十分緊要之事。照我平素修行的速度，這麼又是重傷又是少七萬年修為的，少不得須耗個兩三萬年才緩得過來。這兩三萬年裡，自然沒那個能耐去受八十一道荒火九道天雷的大業繼位天后，從未聽說哪一任天帝繼位時未立天后的。這麼看來，若再讓這紙婚約將我同他綁作一條船上的螞蚱，卻不是那麼妥當。

我咳了聲，仰頭望著他道：「我們這一紙婚約，還是廢了吧。」

他晃了晃，道：「妳說什麼？」

我撥開他的手，摸索著案几上的茶杯灌了口茶，聽到自己的聲音乾乾的：「這同你卻沒什麼關係，原本也不過是當年桑籍做錯了事，令我們青丘失了臉面，天君為了讓兩家有個台階下，才許了這麼個不像樣的約。此番由我青丘提出來退婚，咱們各自退一場，這前塵往事的，便也再沒了誰欠誰。」

他半晌沒有動靜，背對著我許久，才道：「今夜，妳來我房中一趟吧，結魄燈不在天上，在我這裡。」話畢，未轉身看我一眼，只朝殿外走去，卻差點撞上緊靠著殿門的另一根水晶柱子。

我乾巴巴道了聲：「當心。」

他穩了穩身形，手撫著額角，淡淡道：「我一直都在妄想罷了，可我欠妳多少，妳欠我多少，命盤裡怕早已亂成一團釐不清了。」

他那一副修長的背影，看著甚蕭索。

第十九章　怦然心動

我在殿中茫然了半晌，心中有些空蕩蕩。

端起案几上的冷茶再喝兩口，將乾澀的嗓子潤了潤，才踩著飄忽的步子出了殿門。

殿外立成兩列的西海小神仙已撤了一半，想必給夜華開道去了。剩下的這一半正呼啦呼啦朝西海水晶宮正宮門方向移。

看這光景，倒像是又有客至。

我逮住一個掃尾的問了句，掃尾的仁兄苦著一張臉果然道：「有客自遠方來，水君著臣下們前去迎一迎。」

看來西海水君今日很有幾分迎賓待客的緣分，即便此番是西方梵境蓮花座上的佛祖駕到，我也絕不會詫異了。西海兩代水君都低調，沒怎麼得著我們這些老輩神仙的垂憐關懷，今日能連連迎到幾位貴客，長一長他的臉面，也挺好。

結魄燈既在夜華處，自然用不著我再到九重天上走一遭，省了不少事情，可奇怪的是我心中卻並不覺鬆快。方才夜華那副蕭索的背影在眼前一陣一陣晃蕩，晃得我一顆狐狸心一陣一陣緊。

片刻前領我過來的一雙小仙娥恭恭順順地再將我原路領回去。因疊雍那副同墨淵甚不搭的容貌勢必要令我看得百感交集，過扶英殿時便也沒推門進去瞧他一瞧，著小仙娥直接將我領去了扶英殿近旁暫住的小樓。

西海水君在起名字這一點上有些廢柴，遠不如東海水君的品味。譬如扶英殿近旁一左一右兩座小樓，一個樓底下種海棠花紅豔豔的，便稱的紅樓，另一個樓底下種芭蕉樹綠油油的，便稱的青樓。

本上神不才，住的，正是這青樓。

大抵為了不辜負這個名字，青樓中從床榻到椅子一應用的青檟木，矮凳上的花盆、案頭的茶具一應用的青瓷，就連上下伺候的小仙婢們也一應穿的青衣，抬頭一望，滿目慘綠，瞧得人十分悲催。

因那一群綠油油的小仙婢在樓中晃得我頭暈，便一概將她們打發到樓底下拔草去了。

一時間樓中空得很，連累我心頭越發空蕩蕩起來。

正空蕩著，背後的窗扇吱呀一聲，我略抬眼皮。唔，方才累一半的西海小神仙翻滾著腳板前去相迎的那位貴客，看來並不是西天梵境蓮花台上的佛祖。

我倒了杯茶，朝探頭跳進來的人打了個招呼：「喲，四哥，喝茶。」

他一雙眼將我從頭到腳掃個遍，端起茶杯來啜了一口，擰著一雙眉道：「明明是姑娘家，怎的扮成個男子模樣，成什麼體統！」

我望了回房樑，誠實道：「折顏讓扮的。」

他一口茶噴出來，拿袖子擦了擦嘴角，面不改色地道：「哦，妳這麼扮著還挺好看的。」

四哥往常三番兩次來西海，皆為的是找西海二皇子蘇陌葉喝酒。

今次他這麼巴巴地跑來，卻據說並不是來找蘇陌葉喝酒，乃是為了來看他的親妹妹本上神我。

說他原本要跟著折顏一同上九重天尋我，卻被折顏攔住了。在青丘等了半日也沒等著折顏回去，想著折顏多半是將我直接送來了西海，便奔過來瞧一瞧我，順便同蘇陌葉打個招呼。

他坐在青檟木的靠背椅上，略偏頭道：「我原本不過來看一看妳在西海安頓得好不好，唔，折顏辦事忒令人放心了。不過，妳這臉色是怎麼一回事？煞白煞白的，莫非墨淵回來了妳竟不開心嗎？」

我抬手摸了摸臉，歡喜狀道：「開心，我一直都開心，默默地開心。」

他皺眉道：「那做什麼一副魂不守舍的模樣？」

我揉了揉臉，乾巴巴一笑：「大約是方才用了追魂術，一時沒緩過來。」

他目光如炬緊盯著我。

我再乾巴巴一笑：「加之早上同夜華嘔了兩口閒氣。」

四哥瞧得不錯，此番我確然有些魂不守舍。但這魂不守舍的根源卻並不是九重天上同夜華那兩句口角，而是方才大殿中……然這樁事若捅出去給四哥曉得，折顏、迷穀、畢方估摸便都該曉得了。

同折顏處得久了，在挖人八卦這個事情上，我的四哥白真很不長進地練成了一把好手；在傳人八卦這個事情上，更是青出於藍，乃是一把高出折顏這把好手許多的好好手。

我同夜華因糰子而生的那場閒氣說來也算不得個八卦，不說會被他煩惱一下午，隨便搪塞一個同他說了，好圖個清靜。一番計較，我喝了口茶潤嗓子，挑挑揀揀將九重天上的這趟口角與他全說了。

他歪在靠背椅上豎起耳朵來切切聽著，待我說完後，半晌，抬頭望著我古怪一笑，道：「妳一向覺得自己年事高輩分老，即便真有不懂事的小輩得罪了妳，也不屑同他們計較。妳同夜華的這樁事，聽妳這麼一說，談感情我自然站在妳這一邊，但義理上倒也並不覺得夜華有什麼錯。阿離才多大一個娃娃，妳給他餵了那麼些酒，醉得七八個時辰沒醒來，也不派個人報夜華一聲。他們天上的龍族打架打得好，醫術卻向來不佳，猛然見著自己的寶貝兒子醉到這個境界，也不曉得有沒大妨害，妳這個當後娘的還不知去向，他心中若還能無半點起伏，那委實也是個人才。」頓了頓，探過半張桌子揉了揉我腦袋道，「照妳的性子，尋常遇到這等事情不過當個笑話笑一笑，今次卻賠盡一身風度，還端出來他那位側妃卯足了勁頭刺激他，唔，誠然妳這一番作為令做哥哥的很激賞，但撇開這個不說，妳這個反常的作為，該不是醋了吧？」

我一愣，腦中一道通透的白光忽地閃過。自青丘上九重天這兩日，我心中常莫名地一抽一抽，度量也沒往日寬厚，見著素錦那位典範便周身上下不舒爽，受不得糰子他爹說我半句不是，今日又魂不守舍半日，原是，原是我醋了？我竟一直在醋著？？我一醋竟醋了這麼久？我醋了這麼久自個兒竟半點也沒覺得?!

手中的茶盞「啪」一聲掉到地上，四哥慌忙跳開去，右手搭著左手心猛地一敲，點頭道：「妳果然醋了。」

我茫然了半晌，眼巴巴地望著四哥掙扎道：「不、不能吧。我長了他九萬歲，我若動作快些，現下不僅孫子，怕曾孫都他這麼大了。我一直覺得對不住他，還心心念念給他娶幾位貌美的側妃。再說，前日裡他同我表那一趟白時，我也沒半分怦然心動的感受。我也不是個沒經過風月的，若我果真對他有不一般的念頭，當他同我表白時，我至少也該怦然地動一下心吧？」

四哥一雙眼睛亮了亮：「他竟跟妳表白了？呵，能一眼看中我帶大的人，這小子忒有眼光，忒有眼光。」呵了半晌，豪爽道，「至於妳說的這個年齡，年齡原本就不是個問題，我們阿爹不也大了阿娘一萬五千多歲。只要相貌登對就成了嘛，我看你們的相貌就很登對。說到妳想給他娶側妃這個事，唔，我記得從前折顏也心心念念地要幫我娶個夫人，但妳看，娶了許多年也沒娶成，嘿嘿，他覺得這四海八荒沒一個女神仙配得上我。」繼而拍著我的肩膀做過來人狀道：「怦然心動這個段子固然是個好段子，可那也需得唱女角兒的這個有一顆敏感且纖細的心。縱然妳是我的親妹妹，我也得說一句公道話，妳天生是個少根筋的，做神仙做得不錯，於風月卻實打實是個外行。怦然心動一型的，於妳而言太過熱情活潑了些。似妳這種少根筋的，只適合細水長流的。」

我額角上青筋跳了兩跳。

他從桌案上揀出只茶杯在指間轉了轉，笑道：「聽迷穀說夜華到青丘來住了四個多月，唔，這個細水雖流得短了些，不過，我暫且先問一句，若他今後再不住青丘了，妳可有遺憾？呃，算了，妳那根筋少得，遺憾不遺憾的估計萬兒八千年後才回得過味兒來。這麼說吧，他若走了，妳有沒什麼不習慣的？」

我額角上青筋再跳了兩跳，在這兩跳之間，心中一顫。

夜華在青丘住著時，開初的幾日，我確有不慣。但想著日後終要同他成婚，兩個人早晚須得住在一處，也就隨他去了。白日被他拖著散步，他做飯時我添個柴火，他批文書時我在一旁占個位置嗑瓜子看話本，夜裡再陪他殺幾盤棋，因我想著同他成婚後千秋萬載都這麼過，便漸漸地十分習慣。也不過四個來月的時日，經四哥這麼一提，夜華來青丘住著前，我是怎麼過日子的來著？

我心中一沉。

四哥打了個哈哈道：「等將墨淵調理得差不多了，還是請阿爹去找天君提一提，趕緊將你兩個的婚事辦了。今日依妳四哥我的英明之見，妳十有八九是瞧上夜華了。老天總算開了一回眼，教妳的紅鸞星動了一動，雖動得忒沒聲息了些，好歹讓我看了出來。妳也不用過於糾結，夜華既也招惹了妳，跟妳表了白，若他敢違了表白時的誓約……」

我正豎起耳朵要聽一聽，若夜華膽敢違了與我表白時的一番誓約便會怎樣，他卻將手中茶杯嗒一聲擱在桌上，道了聲：「看妳現在這樣子，我很放心，那我就先回去了。」便跳上窗戶，嗖一聲不見了。

四哥的這一番話，我在心中仔仔細細過了一遭。

這一遭，卻過得我幾萬年於風月事上無所動的心湖瞬起波浪。

四哥說得不錯，我雖一直想給夜華娶幾位貌美側妃，可小輩的神仙們見多了，竟沒覺得有一個配得上夜華的。

若我當真對夜華動了心……我白淺這十四萬餘年是越活越回去了，竟會對個比我小九萬歲，等閒該叫我一聲老祖宗的小子動心。

我立在空蕩蕩的樓中計較了半日，唏噓了半日，嘆息了半日，到底沒耗出個結果來。

今日這大半日的幾頓折騰也煞費精神，雖心中仍惴惴著，依舊和衣到床上躺了一躺。卻不想躺得也不安生，一閉眼，面前一派黑茫茫中便呈出夜華蒼白的臉來。

我在床榻上翻覆了半個多時辰，雖不曉得是不是對夜華動了心，可四哥那一番話讓我琢磨明白過來，九重天上暫且還與我有著婚約的太子夜華，他在我心中占的位置是個不一般的位置。

我左思右想，覺得同夜華解除婚約這個事可以先緩一緩，一切靜觀其變。他下午那通莫名其妙的話，唔，雖想起來就頭疼，也暫不與他計較了。今夜先拿出上神的風度來，去他那處取結魄燈時，放下架子同他好好和解罷了。

是夜，待我摸到夜華下榻的那處寢殿時，他正坐在院中一張石凳上飲酒。一旁的石桌上擺了只東嶺玉的酒壺，石桌下已橫七豎八倒了好幾個酒罈子，被一旁的珊瑚映著，煥出瑩瑩的綠光。昨日糰子醉酒時，奈奈曾無限憂愁地感嘆，說小殿下的酒量正是隨了他的父君，十分淺。

我從未與夜華大飲過，是以無從知曉他的酒量。現今他腳底下已擺了一二三四五五個酒罈子，執杯的手卻仍舊穩當，如此看來，酒量並不算淺嘛。

他見著我，愣了愣，左手抬起來揉了揉額角，隨即起身道：「哦，妳是來取結魄燈的。」一起身時晃了一晃。我趕緊伸手去扶，卻被他輕輕擋了，只淡淡道：「我沒事。」

西海水君闢給他住的這處寢殿甚宏偉，他坐的那處離殿中有百來十步路。

他面上瞧不出什麼大動靜，只一張臉比今日下午見的還白幾分，襯著披散下來的漆黑髮絲，顯得有點憔悴。待他轉身向殿中走去，我便也在後頭隔個三四步跟著。

他在前頭走得十分沉穩，彷彿方才那一晃是別人晃的，只比尋常慢了些，時不時會抬手揉揉額角。唔，看來還是醉了。連醉個酒也醉得不動聲色，同他那副性子倒合襯。

殿中沒一個伺候的，我隨便揀了張椅子坐下，抬頭正對上他沉沉的目光。

他一雙眼睛長得十分凌厲漂亮，眼中一派深沉的黑，面上不笑時，這一雙眼望人很顯冷氣，自然而然便帶出幾分九重天上的威儀。

雖然我察言觀色是一把好手，可讀人的目光一向並不怎麼好手。但今日很邪行，我同他兩兩對望半晌，竟教我透過冷氣望出他目光中的幾分頹廢和愴然來。

他將目光移向一旁，默了一會兒，翻手低唸了兩句什麼。

我愣愣地盯著他手中突然冒出來的一盞桐油燈，稀奇道：「這就是結魄燈？瞧著也忒尋常了些。」

他將這一盞燈放到我手中，神色平淡道：「置在疊雍的床頭三日，讓這燈燃上三日不滅，墨淵的魂便能結好了。這三日裡，燈上的火焰須仔細呵護，萬不能圖便利就用仙氣保著它。」

那燈甫落在我掌中，一團熟悉的氣澤迎面撲來，略沾了幾許紅塵味，不大像是仙氣，倒像是凡人的氣澤。我一向同凡人沒什麼交情，這氣澤卻熟悉至斯，教我愣了一愣。恍一聽到他那個話，只點頭道：「自然是要仔細呵護，半分馬虎不得。」

他默了一會兒，道：「是我多慮了，照顧墨淵妳一向盡心盡責。」

結魄燈是天族的聖物，按理說應當由歷屆的天君供奉，九重天那等板正地方，規矩自然不能說改就改。天君尚且健在，夜華也不過頂個太子銜，結魄燈卻在他手中存著，教我有些疑惑。天宮不像青丘，更不像大紫明宮，立的規矩森嚴，一族的聖物向來並不大好外借。若我上天宮找天君借這聖物，已打好了將九重天欠青丘的債一筆勾銷的算盤。此番夜華竟能這麼容易將燈借給我，教我有點感動，遂持著燈慷慨道：「你幫了我這樣大一個忙，也不能教你太吃虧，你有什麼想要的，儘管同我說，若我能幫得上你的忙，也會盡力幫一幫。」

他靠坐在對面椅子上，神情疲憊，微皺著眉頭道：「我沒什麼想要的。」

這神態看得我心中一抽。此前沒得著四哥訓誡，當我心中偶然這麼一抽，只覺莫名。但今時不同往日，我剛受了四哥點化，只將心思約莫往四哥點撥的方向微微一探，已了然七八分。

結魄燈已然到手，是轉身就走還是留下來開導開導夜華，這，是個問題。或許他此時比我留下來同他說說話，更想一個人待著？

我一時有些躊躇，琢磨半日，還是開口道：「真沒什麼想要的？沒什麼想要的我先回去了。」

他猛抬頭，望了我片刻，神情依然平淡，緩緩道：「我想要的？我想要的自始至終，」面不改色看我一眼道，「不過一個妳罷了。」

我震了一震。但今夜邪行，這番肉麻話入我的耳，我竟未覺得肉麻，反是心中一動，覺得他這個神情，居然十分動人。他本就長得好，動人起來天底下怕是沒有幾人能把持住。我亦不能免俗，一句話在他深沉的目光中脫口而出。

待反應過來方才是句什麼樣的話脫口而出時，我直欲一個嘴巴子將自己抽死。

咳咳，我脫口而出的是：「你想與本上神一夜風流？」

所幸待我反應過來時夜華他尚在茫然震驚之中，我面上一派火紅，收拾了燈盞速速告退。腳還沒跨出門檻，被他從後頭一把摟住。

我抬頭望了回房樑，白淺，妳真是自作孽，不可活。

夜華周身的酒氣籠得我一陣陣犯暈，他摟我摟得十分緊，被他這樣一摟，方才的慚愧不安一概不見了，腦中只剩桃花般燦爛的煙霞，像是元神出了竅。保不準元神真出竅了，因為接下來，我情不自禁又說了句欠抽的話。

咳咳，我說的是：「在大門口忒不像樣了些，還是去床榻上吧。」說了這個話後，我竟然還捏個訣，將自己變回了女身……

直到被夜華打橫抱到裡間的床榻上，我也沒琢磨明白怎麼就說了那樣的話，做了那樣的事。他今夜喝了許多酒，竟也能打橫將我抱起來，走得還很穩當，我佩服他。

我躺在榻上茫然了一陣，突然悟了。

我一直糾結對夜華存的是個什麼心，即便經了四哥的提點，大致明白了些，但因明白得太突然，仍舊十分糾結。但我看凡界的戲本子，講到那書生小姐才子佳人，小姐佳人們多是做了這檔事情才認清對書生才子們的真心。興許做了這個事後，我便也能清清楚楚，一眼看透對夜華存的心思了？

他俯身壓下來時，一頭漆黑的髮絲鋪開，挨得我的臉有些癢。既然我已經頓悟，自然不再扭捏，半撐著身子去剝他的衣裳，他一雙眼睛深深望著我，眼中閃了閃，卻又歸於暗淡。我被他這麼一望，望得手中一頓，心中一緊。他將我拽著他腰帶的手拿開，微微笑了一笑。腦中恍惚閃過一個影子，似浮雲一般影影綽綽，彷彿是一張青竹的床榻，他額上微有汗滴，靠著我的耳畔低聲說：「會有些疼，但是不要怕。」

可我活到這麼大把的年紀，什麼床都躺過，確然沒躺過青竹做的床榻。那下方的女子面容我看不真切，似一團霧籠了，只瞧得出約莫一個輪廓，可那細細的抽氣聲，我在一旁茫然一聽，卻委實跟我沒兩樣。我一張老臉騰地紅個乾淨，這這這，這難道是日有所思夜有所想？我對夜華的心思竟已經，已經齷齪到了這個地步了？

我茫然地回神，覺得對自己的心，果然又有了一層新的見解，我居然一直以來都是這麼看的夜華，著實為老不尊，十分慚愧，捂著心口正要感嘆，這一捂不打緊，我低了眼皮一看，娘噯，我那一身原本穿得穩穩當當的衣裳哪裡去了？

夜華仍俯在我的上方，眼中一團火燒得熱烈，面上卻淡淡地：「妳這衣裳實在難脫，我便使了個術。」

我噗哧一笑道：「你該不是忍不住了吧。」

殿中夜明珠分外柔和，透過幕帳鋪在他的肌膚上。他一身膚色偏白，像是狐狸洞中我常用的白瓷杯，卻並不娘娘腔，肌理甚分明，從胸膛到腰腹還劃了道極深的刀痕，看著很顯英氣。唔，夜華有一副好身材。

他沉聲到我耳邊，低低一笑，道：「妳說得不錯，我忍不住了。」

半夜醒過來時，腦子裡全是糨糊。那夜明珠的光輝大約是被夜華使了個術法遮掩住了。我被他摟在懷中，緊緊靠著他的胸膛，臉就貼著他胸膛處的那道傷痕。

回想昨夜，只記得頭頂上起伏的幕帳，我被他折騰得模糊入睡之時，似乎聽他說了句：「若我這一生還能完完整整得到妳一次，便也只今夜了，即便妳是為了結魄燈，為了墨淵，我也沒什麼遺憾了。」那話我聽得不大真切，近日腦子裡又常冒出些莫名的東西，便也不大清楚是不是又是我的幻覺。

即便我同他做了這件事，遺憾的是，卻並沒像那些戲本中的小姐佳人一般，靈光乍現茅塞頓開。這令我頭一回覺得，凡界的那些個戲本子大約較不得真。

夜華睡得很沉，我這陡然一醒，卻再睡不著了，撫著他胸前的刀痕，忽地想起一則傳聞來。

傳聞三百多年前，南海的鮫人族發兵叛亂，想自立門戶。南海水君招架不住，呈書向九重天求救，天君著了夜華領兵收服，不料鮫人勇猛，夜華差點葬身南海。

我一向不出青丘，對這些事知之甚少，至今仍清楚記得這樁傳聞，乃是因我大睡醒來之後，四哥在狐狸洞中反覆提了多次，邊提說此事邊表情痛苦地扼腕：「妳說南海那一堆鮫人好端端地去叛什麼亂啊，近些年這些小輩的神仙們越發長得不像樣了，好不容易一個鮫人族還略略順眼，此番卻落得個滅族的下場。不過能將九重天上那位年輕有為的太子逼得差點成灰飛，他們滅族也滅得不算冤枉。」我的四哥白真是個話癆，不過正因了他，令我在那時也能聽得幾遭夜華赫赫的威名。據說四海八荒近兩三萬年的戰事，只要是夜華領陣，便一概地所向披靡，不料同鮫人的這一場惡戰，他卻失勢得這樣，令四哥訝然。

我正默默地想著這樁舊事，頭頂上夜華卻不知何時醒了，低聲道：「不累嗎？怎的還不睡？」

我心中一向不大能藏疑問，撫著他胸前這道扎眼的傷痕，頓了一頓，還是問了出來。

他摟著我的手臂一僵，聲音幽幽地飄過來，道：「那一場戰事不提也罷，他們被滅了族，我也沒能得到想要的，算是兩敗俱傷。」

我哂然一笑：「你差點身葬南海，能撿回一條小命算不錯了，還想得些什麼好處？」

他淡淡道：「若不是我放水，憑他們，也想傷得了我。」

我腦中轟然一響：「放，放水？你是故意找死？」

他緊了緊抱住我的手臂：「不過做個套誆天君罷了。」

我了然道：「哦，原是詐死。」又訝然道，「放著天族太子不做，你詐死做什麼？」

他頓了許久也未答話，正當我疑心他已睡著，頭頂上卻傳來他澀然的聲音：「我這一生，到那之前其實從未羨慕過誰，當我懂得羨慕是何種情緒時，倒是很羨慕我的二叔桑籍。」

他酒量不大好，今夜喝了四五罈子酒，此前能保持靈台清明留得半分清醒，想來是酒意尚未發出來。他平素最是話少，說到天君那二小子桑籍，卻閒扯了許多，大約是喝下的幾罈子酒，終於上了頭。

他閒扯的這幾句，無意間爆出一個驚天的八卦，正是關乎桑籍同少辛私奔的，令我聽得興致勃發。但他酒意上了頭，說出來的話雖每句都是一個條理，難免有時候上句不接下句。我躺在他的懷中，一邊津津有味地聽，一邊舉一反三地琢磨，總算聽得八分明白。

我只道當年桑籍拐到少辛後，當即便跪到了天君的朝堂上，將這樁事鬧得天大地大，令四海八荒一夕之間全曉得，丟了我們青丘的臉面，惹怒了我的父母雙親並幾個哥哥。卻不想此間竟還有諸多轉折。

說桑籍對少辛用情很深，將她帶到九天之上，恩寵甚隆。桑籍一向得天君寵愛，自以為憑借對少辛的一腔深情，能換得天君垂憐，成全他與少辛。可他對少辛這一番昭昭的情意卻惹來了大禍，天君非但沒成全他們這雙鴛鴦，反覺得自己這二兒子竟對一條小巴蛇動了真心，削了自己臉面，若因此而令我這青丘神女嫁過去受委屈，於他們龍族和我們九尾白狐族交好的情誼更沒半點好處。可嘆那時天君並不曉得他那二兒子膽子忒肥，已將一紙退婚書留在了狐狸洞，還想著為了兩族的情誼，要將他這二兒子惹出來的醜事遮掩遮掩。於是，因著桑籍的寵愛在九重天上風光了好幾日的少辛，終於在一個乾坤朗朗的午後，被天君尋了個錯處，推進了鎖妖塔。

桑籍聽得這個消息深受刺激，跑去天君寢殿前跪了兩日。兩日裡跪得膝蓋鐵青，也不過得著天君一句話，說這小巴蛇不過一介不入流的小妖精，卻膽敢勾引天族的二皇子，勾引了二皇子不說，還膽敢在大羅天清淨地興風作浪，依著天宮的規矩，定要毀盡她一身修為，將其貶下凡間，且永世不能得道高昇。左右桑籍不過一個皇子，天君的威儀在上頭壓著，他想盡辦法也無力救出少辛來，萬念俱灰時只能以命相脅同他老子叫板，表示若天君定要這麼責罰少辛，令他同少辛永世天各一方，他便豁出性命來，同少辛同歸於盡，即便化作灰堆也要化在一處。

桑籍的這一番表白絕望又悲催，令九重天上聞者傷心聽者流淚。可天君果然是天君，做天族的頭兒做得很有手段，只一句話就叫桑籍崩潰了。這句話說的是，你要死我攔不住你，可那一條小小巴蛇的生死我還能握在手中，你自去毀你的元神，待你灰飛煙滅，我自有辦法折騰這條小巴蛇，讓她求生不得，求死不能。

這話雖說得沒風度，倒是管用。桑籍一籌莫展，卻也不再鬧著同少辛殉情了，只頹在他的宮中。天君見桑籍終於消停了，很滿意，對他們這對苦命鴛鴦也沒再耗更多精神處置。一不留神，卻教假意頹在宮中的桑籍鑽了空子，闖了鎖妖塔，救出了少辛。且趁著四海八荒的神仙們上朝之時，闖進了天君的朝堂，跪到了天君跟前，將這樁事鬧得天上地下盡人皆知。

這便有了折顏同我父母雙親上九重天討說法的後緣。若這樁事沒鬧得這樣大，天君悄悄將少辛結果了也沒人說閒話。偏這事就鬧到了這樣大，偏少辛除了在天宮中有些恃寵而驕，也沒出什麼么蛾子，天君無法，只得放了少辛，流放了桑籍，卻也成全了他兩個這一段苦澀的情。

夜華道：「桑籍求仁得仁，過程雖坎坷了些，結局終歸圓滿。那時天君雖寵愛他，卻並未表示要立他為太子，沒了太子這個身分的束縛，他脫身倒也脫得灑脫。」

我抱著他的手臂打了個呵欠，隨口問道：「你呢？」

他頓了一頓，道：「我？我出生時房樑上盤旋了七十二隻五彩鳥，東方煙霞三年長明不滅，聽說這正是墨淵上神當年出生時才享過的尊榮。我甫一出生便被定為太子，天君說我是曠古絕今也沒有的天定的太子，只等五萬歲年滿行禮。我從小便曉得，將來要娶的正妃是青丘的白淺。」

不想他出生得這般轟轟烈烈，我琢磨著道：「你小的時候，就沒有對我好奇過？如果你不喜歡我，那如何是好？」

他默了一默，將我摟得更緊，緩緩才道：「我愛上的女子若非青丘白淺，便只能誆天上一眾食古不化的老神仙我是灰飛煙滅了，再到三界五行外另尋一個處所，才能保這段情得個善終。」

這一頓閒扯已扯得我昏昏然。我讚嘆了把他的運氣：「所幸你愛上的正是我青丘白淺。」將雲被往上提了提，在他懷中取了個舒坦位置，安然睡了。

將入睡未入睡之際，忽聽他道：「若有誰曾奪去了妳的眼睛，令妳不能視物，淺淺，妳能原諒這個人嗎？」

他這話問得忒沒道理，我迷糊著敷衍他：「這四海八荒的，怕是沒哪個敢來拿我的眼睛。」

他默了許久，又是在我將入睡未入睡之際，道：「若這個人，是我呢？」我摸了摸好端端長在眼眶子裡頭的眼睛，不曉得他又是遭了什麼魔風，只抱著他的手臂繼續敷衍他一句：「那咱們的交情就到此為止了。」

他緊貼著我的胸膛一顫，良久，更緊地摟了摟我，道：「好好睡吧。」

這一夜，我作了一個夢。

作這個夢的時候，我心中一派澄明，在夢中，卻曉得自己是在作夢。

夢境中，我立在一個桃花灼灼的山頭上，花事正盛，起伏綿延得比折顏的十里桃林毫不遜色。灼灼桃花深處，坐著一頂結實的茅棚，四周偶爾兩聲脆生生的鳥叫。

我幾步走過去推開茅棚，見著一面寒磣的破銅鏡旁，一個素色衣裳的女子正同坐在鏡前的玄衣男子梳頭。他兩個一概背對著我。銅鏡中影影綽綽映出一雙人影來，卻彷彿籠在密布的濃雲裡頭，看不真切。

坐著的男子道：「我新找的那處，就只我們兩個，也沒有青山綠水，不知妳住得慣否。」

立著的女子道：「能種桃樹嗎？能種桃樹就成。木頭可以拿來蓋房子，桃子也可以拿來果腹。唔，可這山上不是挺好嗎？前些日子你也才將屋子修葺了，我們為什麼要搬去別處？」

坐著的男子周身上下繚繞一股仙氣，是個神仙。立著的女子卻平凡得很，是個凡人。他們這一對聲音，我聽著耳熟。然因終歸是在夢裡，難免失真，也記不得到底是在哪裡聽過。

男子默了片刻，道：「那處的土同我們這座山有些不同，大約種不好桃花。不過，既然妳想種，我們便試試吧。」

背後的女子亦默了片刻，卻忽然俯身抱住男子的肩膀。男子回頭，瞧了女子半晌，修長手指撫上女子的鬢角，親了上去。我仍辨不清他們的模樣。

他兩個親得難分難解，我因執著於弄清楚他們的相貌，加之曉得是在作夢，也沒特意迴避，只睜大了一雙眼睛，直見得這一對鴛鴦青天白日地親到床榻上。

弄不清這兩人長得什麼樣，教我心中十分難受。早年時我春宮圖也瞧了不少，這一幕活春宮自然不在話下，正打算默默地、隱忍地繼續瞧下去，周圍的景致卻瞬時全變了。

我在心中暗嘆一聲，果然是在作夢。

變換的景致正是在桃林入口，玄衣的男子對著素衣女子切切道：「萬不可走出這山頭半步，妳如今正懷著我們的孩子，很容易教我家中人發現，倘若被他們發現，事情就不大妙了。這樁事辦完我立刻回來，唔，對了，我已想出法子能在那處種桃樹了。」話畢又從袖袋中取出一面銅鏡放到女子手中，「妳要是覺得孤單，便對著這面鏡子叫我的名字，我若不忙便陪妳說話。卻切記不可走出桃林，不可踏出這山頭半步。」女子點頭稱是。直到男子的身影消失了才低聲一嘆：「本是拜了東荒大澤成了親的，卻不將我領回去見家人，像個小老婆似的，哎，懷胎後還需得左右躲藏著，這也太摧殘人了，算什麼事呢？」搖了搖頭進屋了。

我亦搖了搖頭。

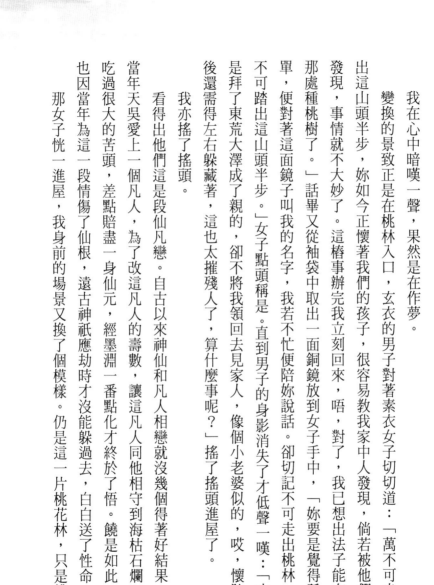

看得出他們這是段仙凡戀。自古以來神仙和凡人相戀就沒幾個得著好結果，當年天吳愛上一個凡人，為了改這凡人的壽數，讓這凡人同他相守到海枯石爛，吃過很大的苦頭，差點賠盡一身仙元，經墨淵一番點化才終於了悟。饒是如此，也因當年為這一段情傷了仙根，遠古神祇應劫時才沒能躲過去，白白送了性命。

那女子恍一進屋，我身前的場景又換了個模樣。仍是這一片桃花林，只是桃花凋了大半，枝枝杈杈的，映著半空中一輪殘月，瞧得人挺傷情。素衣的女子捧著銅鏡一聲聲喚著什麼，只見得模糊難辨的五官中，一張嘴開開合合，聲音卻一星半點兒聽不真切。那女子跌跌撞撞地往外衝，我心中一顫，竟忘了自己是在夢中，連忙跟過去出聲提點：「妳相公不是讓妳莫出桃林嗎？」她卻並未聽到我這個勸告，自顧自依舊發足狂奔。

這桃花林外百來十步處加了道厚實仙障，擋住一介凡人本不在話下，那女子跑得忒急，半點不含糊，過那仙障卻絲毫未被攔一攔，咻地就溜過去了。

天上猛地劈出兩道閃電來。我一驚。醒了。

我醒過來時，晨光大照。房中空無人影，只留那盞結魄燈規規矩矩置在床頭。

虧得床上一頂青幕帳的提點，教我曉得現下睡的不是夜華的床，而是青樓中自己的床。唔，夜華辦事果然穩重。

兩個綠油油的青衣小仙娥過來服侍我收拾。其實也沒甚可收拾，我周身上下都很清爽，想來夜華早收拾過了。

今早我醒過來，見著這照進房中的大片晨光，和大片晨光中的滿眼油綠，心中前所未有地明白透徹，又悟了。

有一個戲文段子是這麼說的，說一個官家小姐回鄉探親，路遇強人，要將她搶上山頭做壓寨夫人。我其實很激賞這個強人，戲文中說他一對宣花斧耍得精采，比那動不動就是「子曰子曰」的酸書生們不知強過幾重山去。但這個官家小姐卻貞潔，瞧不上耍斧頭的強人，寧死不屈。但就是這麼個貞潔不屈的良家小姐，在下一個段子裡卻跟翻牆的書生鑽了芙蓉帳，有了私情。可見那些佳人小姐們也不是隨便和哪個人都能鑽芙蓉帳的。她們並不是做了這件事才茅塞頓開，在做這個事情前，想必她們已對各自的書生存了愛慕之意相許之心。

昨夜我同夜華做這件事，其實也是我誘他在先。除了初初有些痛楚，到後來，我也覺得情這個東西很有趣味。他抱著我的時候，我覺得很圓滿。

如今看來，正同四哥所說，本上神我，跨越年齡的鴻溝，瞧上夜華了。情這個東西，果然不是你想不沾，就可以沾不上的。

唔，幸虧此前我覺得四海八荒沒一個准婚配的女神仙能夠得上做夜華的側妃。

既然我同夜華兩情相悅了，婚自然不能退。

我預備用完早膳後，趁著去扶英殿點結魄燈前，到夜華殿中瞧瞧他，順便同他提一提，他願意不願意為了我，做個繼任時不能立天后的天君。

我覺得他自然該是願意的。

我春風得意地用過早膳，春風得意地路過扶英殿，春風得意地一路來到夜華的寢殿。

大約泰極否來，我吃了個閉門羹。守在殿前的兩個小仙娥道：「君上今日大早已回天宮了。」

夜華當太子當得不易，每日都有諸多文書待批。他這麼匆匆地來西海一趟，又匆匆地回去，大約是有什麼要緊事。

我體諒他是個稱職的太子，與那兩個小仙娥道了聲謝，頹廢地踱回扶英殿。

扶英殿中，施術使疊雍睡著後，我謹慎地點燃結魄燈。

結魄燈在疊雍床頭燃了三日，我在疊雍床頭守了三日。水君的夫人每日都要著些僕婢來殿門前探頭探腦一番，生怕我將她這兒子弄死了。所幸一一被攔在門口的幾個水君心腹擋了回去。

殿中一眾的小仙娥也是如臨大敵，平日裡據說都是爭著搶著服侍疊雍，此番卻沒一個敢近床頭三尺，連走個路都是輕手輕腳，生怕動靜一大就把結魄燈上的火苗子驚熄了。

坐在床邊看疊雍睡覺委實沒什麼趣味，那結魄燈燃出的一些氣澤令我極恍惚，便令候在一側的小仙娥端了些堅果過來，剝剝核桃瓜子，穩穩心神。

三日守下來，疊雍床前積了不少瓜子殼，我也熬得一雙眼通紅，且因一直盯著結魄燈，一閉眼，跟前就是一簇突突跳動的火苗。

疊雍睡的這三日，睡得神清氣爽，醒來後精神頭十足。他自覺六百多年來精神頭從未像今日這般足過，激動不能自已，吵著要去西海上頭遊一遊，見一見久違了六百多年沒再見過的景致。幸而他還通幾分人情，曉得我這三天受苦了，沒拉著我一同去。

墨淵的魂算是結好了，接下來便該籌備籌備去東海的瀛洲取神芝草。別的倒沒什麼可籌備，體力卻實在需積攢些。我一路回到青樓，囑咐小仙娥們緊閉大門，想了想再在房中加一道仙障，撲到床榻上便開始呼呼大睡。

這一睡竟睡了五六日。

待我睡醒後收了仙障，正打算去見見西海水君，向他告一個假，甫打開房門，兩個跪在門前的仙娥卻將我嚇了一跳。這兩個仙娥看來跪了不少時辰，見著出門的我，面上雖呆著，口中已麻利道：「仙君可算醒了，折顏上神已在底下大廳裡候了仙君整整兩日。」

我一愣。

近日我是個香餑餑，誰都來找我。四哥、夜華、西海水君連同西海水君的那位夫人且暫不用說，光是折顏，連著這一次，已是兩次來找我了。卻不知他這次找我，又是為的甚。

我走在前頭，兩個小仙娥爬起來踉踉蹌蹌跟在後頭。

我拐下樓梯，折顏正抬頭往這邊瞧。見著我笑了笑，招手道：「過來坐。」

我蹭過去坐了，順便打發跟著的幾個仙娥出去拔草，從桌上摸了個茶杯，倒了半杯水潤嗓子。

他從頭到腳掃我一遍，道：「瞧妳這個情形，墨淵的魂想是修繕好了。前日我煉成功一顆丹藥，特地給妳帶過來，興許妳用得著。」

話罷將一顆瑩白的仙丹放在我手中。

我將這顆仙丹拿到鼻頭聞了一聞，它隱隱地竟飄著兩絲神芝草的芳香。

我目瞪口呆：「這這這，這顆丹藥是折了你的修為來煉的？你，你曉得我想渡修為給墨淵？」又左右將他瞅瞅，「你去瀛洲取神芝草竟沒被那四凶獸傷著？」

他掩著袖子咳了兩聲，道：「哦？妳竟想著要渡自身的修為給墨淵？這個我卻沒想到。當年妳獨自封印擎蒼時，周身的仙力已折了好些，幸好我提早做成功這顆丹藥，妳若再渡些仙力給墨淵，剩下那一丁點兒修為怕太對不起上神這個名號了。」轉了轉手中的茶杯又道，「父神當初將我養大，這一份養育之恩無以為報，他留下的一雙孩子，小的沒了，大的既還在，我能幫便幫一點。」

他這話說得輕描淡寫，話裡頭含的情誼卻深重。我眼眶子潤了一潤，收起丹藥朝他道了聲謝。

他應承了這聲謝，卻沒說什麼，只嘆了口氣。

我捧著丹藥默在一旁。

他抬起眼皮來覷了覷我，欲言又止了半晌，終堆出笑來，道：「我也該走了，妳找一天疊雍精神頭好的時候給他服了。他那身子骨服這個丹也不曉得受不受得住，妳還是在一旁多照看些。」

我點頭稱是，目送他出了大廳。

疊雍近來的精神頭無一日不好，西海水君的夫人很開心，西海水君也很開心，於是整個西海上下都開心。但疊雍的身子骨天生不大強壯，服下這顆凝聚了折顏上萬年修為的十全大補丹，定要被補得月餘下不了床。本著一顆慈悲的菩薩心，我決定讓疊雍在下不了床之前先多蹦躂幾天。在他四處蹦躂的這幾天裡，四哥的酒肉朋友蘇陌葉邀我喝了幾場酒。

疊雍逍遙了半月，半月後，我親自服侍他吞下了折顏送來的丹藥。疊雍身子骨雖不濟，卻也不至於像我和折顏估摸的那麼不濟。吞下這顆丹藥後，不過在床上暈乎了七天。

自他暈在床上後，這七日，他娘親日日坐在他床頭以淚洗面。雖然我保證過他這症狀不過是補過頭了，稍有些受不住，但他娘親望著我的一張臉仍舊飽含憤怒。

她那一張臉我瞧不見也就罷了，但她因太著緊自己的兒子，害怕昏睡的疊雍一時出了什麼岔子尋不著我，非央著西海水君來託我，隨著她一起日日守在疊雍的床榻跟前。我不好拂西海水君的面子，只得僵著臉應了。她日日坐在床頭悲她的兒子，我剝個核桃也能教她無限憂傷地瞪半日，剝了兩三回之後，不好再剝，日子過得淒涼。

第七天夜裡，補過頭的疊雍總算順過氣，醒了。此時房中只有我一人。他娘親前一刻本還守著他，可因守了他七天見他仍沒醒過來，又不好實實在在遷怒於我，一時悲得岔了氣，也暈了，方才正被西海水君抬了出去。

我湊過去，打算瞧瞧那顆丹藥被他吸收得怎麼樣了。方湊到床沿，手卻被他一把握住。他神色複雜，望著我道：「我睡的這幾日，你一直在我身旁守著？」

他這話說得很是，我點頭道：「你可還有哪裡覺得不大好？」

他卻沒答我，只皺了皺眉：「我聽說你是個斷袖？」

東海水君不錯，很不錯，這個八卦竟已傳到西海了。

但這種事向來越描越黑，我以不變應萬變，抽出手來從容答道：「我聽說殿下你也是個斷袖。」

他眉毛擰成一條，道：「不錯，我雖是個斷袖，但愛的並不是你這種模樣的。」

我探手過去替他診脈，敷衍道：「哦，你這模樣生得文弱，是不該愛我這個模樣的，要愛也是該愛夜華君那個模樣的。」

我認識的男神仙裡頭，就屬夜華長得最好，雖同墨淵差不離的面相，但因面上總是冷冷的，顯得十分硬派。疊雍生得文氣，又性喜傷春悲秋，我估摸他對自己的定位是個比較柔弱的定位，即便喜歡男子，也喜歡硬派些的男子，是以才有嘴上的那一句敷衍。我不過隨口一說，他一張臉卻瞬時通紅，慌忙將眼睛瞥向一旁。

我心中咯噔一聲，顫抖著手捏著他脈搏道：「你，你思慕的真是夜華君？」

他轉頭看著我，為難道：「這件事實在不能勉強，仙君你衣不解帶地照顧我，我很感激你。若不是殿中的侍女們同我說，我其實也沒察覺你的心意。我沒察覺你的心意之前，對你的慇懃照看十分心安理得，還因……還因你同君上的那個傳聞，在心頭存了些對你的疙瘩。不想造化弄人，如今卻教我曉得了你真正的心意。我曉得了你這個心意，卻又不能回應你，教我覺得很傷感，也覺得對你不起。」頓了頓，又無限憂愁地唏噓道，「這樣的事，我只在很久以前蘇陌葉帶給我的戲文裡看過，卻沒想到戲文中的故事倒讓我們應了。」感嘆一番，再道，「仙君同君上的那一段，都是真的？君上他……他不抗拒斷袖，是嗎？」

我愣了半天神，才從疊雍描述的這段三角斷袖情中回魂。抽了抽嘴角，咬著牙笑道：「他抗拒，我用盡了手段，他還是抗拒，所以我才轉而求其次，把念想轉到殿下你身上來的。」

他一張通紅的臉一點一點白了。

我向來曉得夜華那張臉惹桃花，只是沒想到除了惹女桃花，偶爾還能惹惹男桃花。四哥說得不錯，如今這個年頭，實在是個令人痛心疾首的年頭。唔，往後還是不要再讓夜華來西海得好。

疊雍的脈很穩，氣澤很平和。

但為了把穩，我覺得還須得再使個追魂術，探查探查他體內折顏的仙氣是否如了我的願，在好好地護養著墨淵的魂魄。

疊雍上回吃了悶虧，卻絲毫沒學得精明些，又栽在我的手刀上。因是第二次對著他使追魂術，我一路沒什麼阻礙便入得他的元神。這一回我沒靠著大聖佛音的指引，一路順風順水地尋到了墨淵。

上回見著他時，只一縷微弱的仙氣護養著。此番護養他的那片仙氣卻龐大洶湧，我根本無法近他的身。這樣強大的仙力，非幾萬年精深修為不能煉成。看來墨淵醒來，已是指日可待。

可，可護養著墨淵的這片氣澤，卻並不是折顏的。這樣洶湧又沉靜，內斂又磅礴的氣澤……我心中一片冰涼，終於明白折顏送丹藥過來時的欲言又止，也終於明白為什麼他去瀛洲取了神芝草，身上卻沒半點傷痕。

不過因他從未去過瀛洲，從未招惹過那守仙草的凶獸罷了。

他雖一向不大正經，卻從不說謊，從不占人的便宜。他那時大約想同我說，這丹藥，其實是夜華煉的。但為什麼他要瞞住我？難不成，難不成……

我強穩住心志退出疊雍的元神，跌跌撞撞撲到一旁的桌案上倒了杯茶，還沒灌下去卻先吐出來兩口血。方才神識波動得狠了。

心中一陣突突地跳，我腿一軟靠著桌腳跪倒下來，帶著茶盞碎了一地，疊雍揉著腦袋從床榻上坐起來，一呆，道：「你怎麼了？」

我勉強笑了笑，撐著桌子爬起來：「殿下的病已大好，無須小仙再調養了，勞煩殿下同水君說一聲，小仙有些急事，須先回桃林了。」

第二十章　欲說還休

我記得隔壁山腳水府中住的那個小燭陰，她當年嫁了戶不大滿意的婆家，成天受惡婆婆的欺凌。她的阿爹曉得這件事，怒氣勃發地將她婆家攪了個底朝天。她的婆家鬥不過她阿爹，又嚥不下這口濁氣，便呈了個狀子到狐狸洞跟前，想請我阿爹出面做主，替他們家休了小燭陰。因小燭陰的爹在小燭陰婆家的地盤上傷了人，橫豎理屈，為避免釀出更大的禍事，阿爹左右斟酌，打算准了小燭陰婆家遞上來的這紙狀子，斷了他們兩家的牽連。

阿娘看著小燭陰觸景生情，還替她求過阿爹兩句，說她長得不行，人又被慣得嬌氣，若再被夫家休了，肯定再嫁不出去第二次。奈何他們這一樁家務事彎彎繞繞，其間牽扯良多，阿爹一向公正無私，於是那小燭陰終歸還是成了棄婦一個。

那時我和四哥暗地裡都有些同情小燭陰，覺得她的姻緣真真慘淡。四哥還端著我的臉來來回回琢磨了一遭，得出我「雖同小燭陰一般嬌氣，但長得實在不錯，即便一嫁被休二嫁也不至於嫁不出去」這個結論，才放下心來。但四哥的心放下得忒早了些。萬兒八千年過後，我悟出了一個道理。命裡頭的姻緣線好不好，它同長相實在沒什麼關係。

在往後的幾萬年中，被阿娘同情說長得不行的小燭陰，桃花惹了一筐又一筐，去燭陰洞提親的男神仙們幾乎將他們的洞府踩平。託這些男神仙的福，小燭陰也自學成才，成功蛻變為了玩弄男仙的一代高人。

同樣是在這幾萬年裡，被本上神的四哥寄予厚望的、長得實在不錯的本上神我，曲著手指頭數一數，卻統共只遇上了五朵桃花。

第一朵是比翼鳥一族的九皇子。他隨他爹娘做客青丘時，對才兩萬歲的小丫頭片子我，一見鍾了情。臨走時還背著我爹娘將我拉到一旁，拔下兩根羽毛做定情信物，悄悄跟我說，等他長得再大一些，就踏著五彩祥雲來迎娶我。他原身上的羽毛有兩種顏色，一種紅的一種青的，我瞧著花枝招展的挺喜慶，就收了，覺得嫁給比翼鳥其實也不錯。但過了許久，卻聽迷穀淘來個八卦，說他們比翼鳥一族不能同外族通婚，比翼鳥的九皇子回去信誓旦旦說要娶我，又是絕食又是投水的，陣仗鬧得挺大。他阿爹阿娘不堪其擾，有天夜裡趁他睡著，給他餵了兩顆情藥，將他送到了一個頗體面的比翼鳥姑娘的床上。呃，他自覺做了對不起我的事，沒臉踩著五彩的雲頭來迎娶我了。我將他送的兩根羽毛並幾把山雞毛一起做了把雞毛撣子，掃灰還挺合用。

第二朵是鬼族的二皇子離鏡。算來我和他也甜蜜了幾日，後來卻做了他同玄女牽線搭橋的冤大頭。

第三朵是天君的二兒子桑籍。這個算是阿爹阿娘硬給我牽過來的一段姻緣。奈何我命裡受不起這段姻緣，於是桑籍來我青丘走一趟，同我的婢女瞧對了眼，兩人私奔了。

第四朵是四哥的坐騎畢方。可畢方實在將他的心思藏得深了些，絲毫沒有思慕小燭陰的那些男仙豪邁奔放，好不容易待他終於想通了奔放了一回，我卻已經定親了。

前頭這四朵桃花，有三朵都是爛桃花，好的這一朵，卻又只是個才打骨苞兒的。

這五朵桃花中的最後一朵就是夜華。

我這個未來的夫君夜華，我遺憾自己沒能在最好的年華裡遇上他。

從雲蒸霞蔚的西海騰雲上九重天，因途中從雲頭上栽下來一回，將一身上下搞得很狼狽，過南天門時，便被守門的兩個天將客氣地攔了一攔。

我這身行頭細究起來的確失禮，大大地折了青丘的威儀，見夜華的一顆心又迫切，不得已只得再將折顏的名頭祭一祭，假稱是他座下的仙使，奉他的命來拜望天庭的太子殿下夜華君。

這一對天將處事很謹慎，客客氣氣地將我讓到一旁等著，自去洗梧宮通報了。我心上雖火燒火燎，但見他們是去洗梧宮通報而不是去凌霄殿通報，料想夜華沒出什麼大事，心中略寬慰。

前去通報的天將報了半盞茶才回來，身後跟了個小仙娥來替我引路。這個小仙娥我約略有些印象，彷彿正是在夜華的書房中當差。她見著我時雙眼睜得溜圓，但到底是在夜華書房裡當差的，見過世面，眼睛雖圓得跟煎餅一個形容，到底嘴巴上還是穩得很。只肅了衣冠對著我拜了一拜，便走到前頭兢兢業業地領路去了。

今日惠風和暢，我隱隱聞得幾縷芙蕖花香。眼看就要到洗梧宮前，我沉著嗓子問了句：「你們君上他，近日如何？現下是在做什麼？」

領路的小仙娥轉過來恭順道：「君上近日甚好。方同貪狼、巨門、廉貞幾位星君議事畢。現下正在書房中候著上神的大駕。」

我點了點頭。

他半月前才丟了過萬年的修為，今日便能穩當地在書房中議事，恢復得也忒快了些。

那小仙娥一路暢通無阻地將我領到夜華的書房外，規規矩矩退下了。

我急切地將書房門推開，急切地跨進門檻，急切地掀開內室的簾子。我這一套急切的動作雖完成得精采漂亮，單因著心中的憂思，難免不大注意帶倒一兩個花瓶古董之類，鬧出的動靜便稍大了些。

夜華從案頭上的文書堆裡抬起頭來似笑非笑，揉著額角道：「妳今日是特地來我這裡拆房子的？」滿案文書堆旁還攤著幾本翻開的簿子。

他面上並不像上回在西海水晶宮那麼蒼白，卻也看得出來清減了許多。

如今我已不像年少時那樣無知，漸漸地曉得了一個人若有心向你瞞著他的不好，你便看不出來他有什麼不好。

我急走兩步立到他跟前，預備捉他的脈來診一診。他卻突然收起笑來，繞過我捉他的手握住了我的衣襟，皺眉道：「這是什麼？」

我低頭一瞧：「哦，沒什麼，個把時辰前對著那西海大皇子使追魂術時，不留意岔了神識，小咳了兩口血。」

他從座上起來，端著杯子轉身去添茶水，邊添邊道：「妳照看墨淵的心雖切，但也要多顧著自己，若墨淵醒了妳卻倒了，就不大好了。」

我望著他的背影，和聲道：「你猜我爬進那西海大皇子的元神，瞧見了什麼？」

他轉過身來，將手上的一杯茶遞給我，側首道：「墨淵？」

我接過他的茶，嘆氣道：「夜華，瀛洲那四頭守神芝草的凶獸，模樣長得如何？折顏帶給我的那顆丹藥，是你煉的吧？如今你身上，還只剩多少年的修為了？」

他端著茶杯愣了一愣，面上神色卻並沒什麼大起伏。愣罷輕描淡寫地笑了笑，道：「唔，是有這麼一樁事。前些時候天君差我去東海看看，路過瀛洲時突然想起妳要幾棵神芝草，就順道取了幾棵。妳說的那幾頭守草的凶獸，模樣不佳，若再長得靈巧一些，倒可以捕一頭回來給妳馴養著，閒時逗個悶子。正好妳閒的時候也頗多。」

他這一番話說得何其輕飄，我卻仍舊記得阿爹當初從瀛洲回來時周身纍纍的傷。我聽得自己的聲音乾乾道：「那丹藥，損了你多少年的修為？你託折顏送過來給我時，卻為什麼要瞞著我？」

他挑眉做訝然狀道：「哦？竟有這種事？折顏竟沒同妳說那顆丹是我煉的？」又笑道，「這件事果然不該託他去做，白白地讓他搶了我的功勞。」再邊翻桌上的公文邊道，「我天生修為便比一般的仙高些，從前天君又渡給我不少。煉這顆丹也沒怎的，一樁小事罷了。」

我瞧著他攏在袖中的右臂，溫聲道：「你今日添茶倒水翻公文的，怎麼只勞煩你的左手，右手也該動一動的。」

他正翻著文書的左手停了。

卻也不過微微一頓，又繼續不緊不慢地翻，口中道：「唔，取神芝草的時候不留意被饕餮咬了一口，正傷在右手上，所以不大穩便。不過沒大礙，藥君也瞧過了，說將養個把月的就能恢復。」

若我再年輕上他那麼大一輪，指不定就相信了他這番鬼扯。可如今我活到這麼大的年紀，自然曉得他是在鬼扯。

他說天君渡給他修為，天君自然不會無緣無故渡他修為，必是他落誅仙台那回，丟修為丟得命都快沒了在前，天君才能渡他修為在後。譬如七萬年前我阿娘救我，是同一個道理。天君渡給他的自然只是補上他丟失了的，統共也不能超過他這五萬年勤修得來的。我度量著養夜華的那團仙氣，卻至少凝了一個普通仙者四五萬年的修為。

他說饕餮咬了一口在他右臂上，不過一個小傷，將養將養就能好轉。我們遠古神祇卻都曉得，饕餮這個凶獸是個很執著的獸，它既咬了什麼便必得將那東西連皮帶骨全吞下去，萬沒有哪個敢說被饕餮咬了一口還是小傷。

但他這一番鬼扯顯見得是為了安撫我。為了不使他失望，我心中雖一抽一抽，卻只能做出個被他糊弄成功的形容，做鬆口氣狀道：「那就好，那就好，總算教我放心。」

他挑眉笑了一笑，道：「我有什麼可教妳不放心的。不過，那西海大皇子才用了丹藥不久吧？怕還有些反覆。妳還在這個時候跑上天來，當心出差錯。」

他這個話說得婉轉，卻是明明白白一道逐客令。面上方才瞧著還好的顏色，也漸漸有些憔悴。他這強打的精神，大約也撐不了多久了。

為了全他的面子，我只得又做出個被他提點猛然醒悟的模樣，咋呼一聲：「哎呀，竟把這一茬忘了，那我先下去了，你也好好養傷。」

說出這個話時，我覺得難過又心傷。

我決定回青丘去問問折顏，看夜華他究竟傷得如何。

我一路火急火燎地趕回去，折顏卻不在青丘了。

四哥叼了根狗尾巴草挨在狐狸洞外頭的草皮上，邊曬太陽邊與我道：「折顏他前幾日已回桃林了。據他說近日做了件虧心事，因許多年不做虧心事了，偶爾為之便覺得異常虧心，須回桃林緩一緩。」

我淒涼地罵了聲娘，又踩上雲頭一路殺向十里桃林。

在桃林後山的碧瑤池旁尋得折顏時，尚在日頭當空的午時，但他的嘴封得緊，待從他口中套得攸關夜華的事，已是月頭當空的子時。

說那正是半個多月前，六月十二夜裡，他同四哥在狐狸洞外頭的竹林賞月，天上突然下來一雙仙君。這一雙仙君捧了天君的御令，十萬火急地拜在青丘谷口，請他去一趟九重天，救一個人。天上一向是藥君坐鎮，天君既千里迢迢請他出山，這個人必是藥石罔極，連藥君也束手無策了。他對這一代的天君沒什麼好感，但本著讓天君欠他一個人情的心態，還是跟著前來恭請他的仙君們上天了。上得九重天後，他才曉得天君千里迢迢來求他救的這個人，是我們白家的準女婿夜華。

他見著夜華時，夜華的情形雖不至於藥石罔極，卻也十分不好，右胳膊全被饕餮吞了，只剩一個袖子空空蕩蕩，身上的修為，也不過一兩萬年罷了。

提到這一處，他略有感傷，道：「妳這夫君，年紀雖輕，籌劃事情卻穩重。說早前幾日他便遞了摺子給天君老兒，唔，正是妳去西海的第二日，在那摺子中提說東海瀛洲生的神芝草怎麼怎麼的有違仙界法度，列了許多道理，請天君准他去將瀛洲上生的神芝草一概全毀了。天君看了深以為然，准了。他去瀛洲兩日後，便傳來瀛洲沉入東海的消息，天君很欣慰，再過一日他回來後，卻是傷得極重的模樣。天君以為他這孫子鬧得如此田地全是被守神芝草的四大凶獸所害，深悔自己高估了孫子，當初沒給他派幾個好幫手。我原本也以為他身上的修為是在瀛洲毀神芝草時，被那四頭畜生耗盡了。後來他將那顆丹秘密託給我，我才曉得那四頭畜生除開吞了他一條胳膊，沒討著半分旁的便宜，反教他一把劍將它們砍了個乾淨。他弄得這麼一副凋零模樣，全是因取回神芝草後即刻散了周身的修為開爐煉丹。他那一身的傷，唔，我已給他用了藥，妳不必擔心，慢慢將養著就是，只那條胳膊是廢了。呃，倒也不是廢了，妳看他身上我給他做的那個胳膊，此時雖尚不能用，但萬兒八千年的漸漸養出靈性來了，恐也能用的。」

月亮斜斜掛在枝頭，又圓又大，涼幽幽的。

折顏嘆息道：「他不放心旁人，才託我送那丹藥給妳。他覺得他既是妳的準夫君，妳欠墨淵的，他能還便幫妳還一些，要我瞞著妳，也是怕妳腦子忒迂，曉得是他折了大半修為來煉的便不肯用。唔，也怕妳擔心。哪曉得妳一向不怎麼精細的性子，這回卻曉得在餵了那西海大皇子丹藥後，跑到他元神裡頭查一查。不過，夜華這個凡事都一力來承擔的性子，倒挺讓我佩服，是個鏗鏘的性子。」再嘆息一聲，唏噓道，「他五萬歲便能將饕餮窮奇那四頭凶獸一概斬殺了，前途不可限量。可那一身精純的修為，卻能說散就散了，實在可惜。」

我的喉頭哽了兩哽，心沉得厲害。

折顏留我住一宿，我感激了他的好意，從他那處順了好些補氣養生的丹藥，頂著朗朗的月色，爬上了雲頭。夜華他既已由折顏診治過，正如折顏他勸我留宿時所說，即便我立時上去守著他，也幫不了什麼，不過能照看照看他罷了。可縱然我只能做這麼一件不中用的小事，也想立刻去他身旁守著。

我捏個訣化成個蛾子，繞過南天門打盹兒的幾個天將並幾頭老虎，尋著晌午好不容易記下的路線，一路飛進了夜華的紫宸殿。

紫宸殿中一派漆黑，我落到地上，不留神帶倒個凳子。凳子「咚」一聲響，殿中立時亮堂了。夜華穿著一件白紗袍，靠在床頭，莫測高深地瞧著我。我只見過他穿玄色長袍的模樣，他穿這麼一件薄薄的白紗袍，唔，挺受看，一頭漆黑的長髮垂下來，唔，也受看。

他盯著我瞧了一會兒，微皺眉道：「妳不是在西海照看西海的大皇子嗎？這麼三更半夜急匆匆到我房中來，莫不是疊雍出什麼事了？」他這個皺眉的樣子，還是受看。

我乾乾笑了兩聲，從容道：「疊雍沒什麼，我下去將西海的事了結了，想起你手上受的傷，怕端個茶倒個水的不大穩便，就上來照看照看你。」

夜華他既費了心思瞞住我，不想教我擔心，為了使他放心，我覺得還是繼續裝作不知情為好。

他更莫測地瞧了我一會兒，卻微微一笑，往床榻外側移了移，道：「淺淺，過來。」

他聲音壓得沉沉的，我耳根子紅了一紅，乾咳道：「不好吧，我去糰子那處同他擠擠罷了，你好生安歇，明日我再過來瞧你。」便轉身溜了。沒溜出夜華的房門，殿中驀地又黑下來。我腳一個沒收住，順理成章又帶倒張凳子。

夜華在背後抱住了我。他道：「如今我只能用這一隻手抱著妳，妳若不願意，可以掙開。」

阿娘從前教導我該如何為人的媳婦時，講到夫妻兩個的閨房之事，特別指出了這一樁。她說女孩兒家初為人婦時，遇到夫君求歡，依著傳統需得柔弱地推一推，方顯得女兒家的珍貴矜持。

我覺得方才我那乾乾的一咳，何其明白又柔弱地表達了我的推拒之意，但顯見得夜華並沒太當一回事。可嘆阿娘當初卻沒教我若那初為人婦的女子的夫君不接受她的推拒，這個女子又該怎麼做才能仍然顯得珍貴矜持。

夜華垂下來的髮絲拂得我耳根發癢，我糾結了一陣，默默轉身抱著他道：「我就只占你半個床位，成不？」

他咳了一聲，笑道：「妳這個身量，大約還占不了我的半個床位。」

我訕訕地推開他，摸到床榻旁，想了想還是寬了衣，挑開一個被角縮了進去。我縮在床角裡頭，將雲被往身上裹了裹，待夜華上得榻來，又往裡頭縮了縮。他一把撈過我，將我身上的雲被三下五除二利索剝開，扯出一個被角來，往他那邊拉了拉。但這床雲被長得忒小了，他這麼一拉又一拉，眼見著蓋在我身上的雲被被他一拉一拉地全拉沒了。雖是七月仲夏夜，九重天上卻仍涼幽幽的，我又寬了外袍，若這麼睡一夜，明日便定然不是我照看夜華，該換他來照看我了。

面子這個東西其實也沒怎的，我往他身旁挪了一挪，又挪了一挪。他往床沿翻了個身，我再挪了一挪。我這連著都挪了三挪，卻連個雲被的被角也沒沾著。只得再接再厲地繼續挪了一挪，他翻了個身回來，我這一挪正好挪進他的懷中。他用左手摟過我，道：「妳今夜是安生躺在我懷裡蓋著被子睡，還是屈在牆角不蓋被子睡？」

我愣了一愣，道：「我們兩個可以一同屈在牆角蓋著被子睡。」我覺得我說這個話的時候，腦子是沒轉的。

他摟著我低低一笑，道：「這個主意不錯。」

這一夜，我們就抱得跟一對比翼鳥似的，全擠在牆角睡了。雖然擠是擠了點，但我靠著夜華的胸膛，睡得很安穩。模糊中似乎聽得他說，妳都知道了吧？妳這性子果然還同往常一般，半點欠不得他人的人情。他說得不錯，我確然一向不喜欠人的人情，在睡夢中含糊地應了他兩句。但因我見著他放下了一半的心，稍睡得有些沉，也記不得應了他些什麼。

半夜裡，恍惚聽得他咳了一聲，我一驚。他輕手輕腳地起身下床，幫我掖好被角，急急推開殿門出去了。我凝了凝神，聽得殿外一連串咳嗽，壓得忒低，若不是我們狐狸耳朵尖，我又特地凝了神，大約也聽不到他這個聲兒。我摸著身旁他方才躺過的地方，悲從中來。

他在外頭緩了好一會兒才回來，我裝睡裝得很成功，他扯開被子躺下時，一絲兒也沒發覺我醒著。我隱約聞到些淡淡的血腥氣，靠著他，估摸著他已睡著時又往他懷中鑽了鑽，伸出手來抱住他，悲啊悲的，漸漸也睡著了。第二日醒來，他從頭到腳卻瞧不出一絲病模樣，我幾乎疑心是昨日大悲大喜大憂大慮的，夜裡入睡魔怔，作了一場夢。

但我曉得，那並不是夢。

我一邊陪著夜華，一邊有些想念糰子。但聽聞近日靈山上開法會，佛祖登壇說法，教化眾生，糰子被成玉元君帶去湊熱鬧了。

我擔心西天佛味兒過重，糰子這麼小小的，將他悶著。夜華不以為然，道：「他去西天不過為的是吃靈山上出的果蔗，況且有成玉守著，壇下的神仙們都悶得睡著了，他也不會悶著。」我想了想，覺得很是。

夜華的氣色仍不大好。折顏說他的右胳膊全不能用，我每每瞧著都很窩心，但他卻毫不在意。因他受傷這個事上到一品九天真皇，下到九品仙人，各個品第的皆有耳聞，這幾日倒是沒人敢拿雞毛蒜皮的事來叨擾於他，令他難得悠閒。

我擔憂夜華的傷，想住得離他近些。一攬芳華離紫宸殿偏遠，不若慶雲殿近便，且那又是夜華他先夫人住過的，我便暫且歇在了糰子的慶雲殿。他們天宮大約沒這個規矩，但體諒我是從青丘這等鄉野地方來的，甚包容地在慶雲殿中替我收拾了張床榻。

開初幾日，我每日都一大早地從床上爬起來，冒著黎明前的黑暗，一路摸進夜華的紫宸殿，幫他穿衣，陪他一道用膳。因我幾萬年都沒在這個點上起來過了，偶爾會打幾個沒睡醒的呵欠。

後頭就有一天，我剛費神將自己從睡夢裡頭撈起來，預備迷糊地趕去紫宸殿，恍一睜眼，卻見著夜華他半躺在我身旁看書。

我的頭枕著他動不得的右手，他左手握著一卷行軍作戰的陣法圖，見我醒來，翻著書頁道了句：「天還沒亮，再睡睡吧，到時辰我叫妳。」

說來慚愧，自此，我便不用每日大早地摸去他殿中，都是他大早來糰子的殿中，早膳便也理所應當從紫宸殿移到了慶雲殿。

在天宮過的這幾日同青丘也沒旁的不同，皆是用過早膳後散散步，散步後一同去書房，書房中泡兩壺茶，他做他的事，我做我的事，到夜裡再就著幢幢的燭火殺幾盤棋。

藥君時不時會來洗梧宮站站，我在跟前時，他多半說不出什麼。見著他便令我想起夜華身上的傷，我不大願意見著他。除此外，一切都甚合我意。我活到這把年紀，少年的事雖已不大記得清，但尚且還能辨別，即便當年我同離鏡在一起的時候，也沒覺得像現在這樣圓滿過。

我雖年事有些高了，但當年做少女時桃花忒少，大把詩一樣的情懷攢著沒用出去，如今，受這些情懷的觸動，偶爾也想同夜華月下花前一番。但洗梧宮的位置高出月亮許多，要正經地來賞一賞月，只能不停朝腳底下看，且要運氣好才見得著，更不用指望那月光能柔柔地鋪在我們身上，造出一個朦朧又夢幻的意境來了。玩文談月之事只得含恨作罷。好在我同夜華散步的時候，也能見得些花花草草，勉強算是花前了幾回。

從前在青丘的時候，一大早被夜華拖著散步，圍著狐狸洞近旁的水潭竹林走幾圈，多是他問我午飯想用些什麼，我們就這個事來來回回磋商一番，路過迷穀的茅棚時，順道叫迷穀去弄些新鮮食材。

近來在天上，膳食不用夜華操心，他便另養出個別的興趣，愛好在散步的時候聽我講講頭天看的話本。我翻這些閒書一向只打發個時間，往往一本翻完了，到頭來卻連書生小姐的名都記不全，只約略曉得是個什麼故事。

但夜華既有這個興趣，我再翻這些書便分外上心些，好第二天講給他聽。幾日下來，覺得在說書一途上，本上神有些天分。

七月十七，靈山上的法會畢。算起來糰子也該回天宮了。

七月十七的夜裡，涼風習習，月亮上的桂花開得早，桂花味兒一路飄上九重天。

我同夜華坐在瑤池旁一頂亭子裡，亭子上頭打了幾個燈籠，石頭做的桌子上放了盞桐油燈。夜華左手握著筆，在燈下繪一幅陣法圖。

當初我拜師崑崙墟，跟著墨淵學藝時，陣法這門課業經受兩萬年的考驗，榮幸地超過道法課、佛法課，在諸多我深惡的課業中排了個第一。我一見著陣法圖，不僅頭痛，全身都痛。於是乎只在一旁欣賞了會兒夜華握筆的指法，便歪在一張美人靠上閉目養神去了。

方一閉眼，就聽到遠處傳來糰子清越的童聲，娘親娘親地喚我。

我起身一看，果真是糰子。

他著了件碧瑩瑩的小衫子，一雙小手拽著個布套子扛在左肩上，那布套子瞧著挺沉。他扛著這個布套子走得歪歪斜斜，夜華停了筆，走到亭子的台階旁瞧他，我也下了美人靠踱過去瞧他。他在百來十步外又喊了聲「娘親」，我應著。他放低肥肥的小身子慢慢蹲下來，將扛在肩膀上的布套子小心翼翼卸到地上，抬起小手邊擦臉上的汗邊嚷嚷：「娘親，娘親，阿離給妳帶了靈山上的果蔗哦，是阿離親自砍下來的果蔗哦……」想了想又道，「阿離都是挑的最大最壯的砍下來的，嘿嘿嘿嘿……」說完了轉身握著封好的口，甚吃力地拖著那布套子一步一步朝我們這方挪。

我本想過去幫一幫忙，被夜華攔住道：「讓他一個人拖過來。」

我一顆心盡放在糰子身上了，沒留神一叢叫不上名字的花叢後頭突然閃出個人影來。這個人影手中也提著一只布套子，卻比糰子拖的那一只小上許多。

他兩三步趕到我們跟前，燈籠柔柔的光暈底下，一張挺標緻的小白臉呆了一呆。

糰子在後頭嚷：「成玉成玉，那個就是我的娘親，你看，我娘親她是不是很漂亮？」

唔，原來這個標緻的小白臉就是那位格外擅長在老虎尾巴上拔毛，太歲頭上動土的成玉元君。

成玉元君木愣愣地望著我，望了半天，伸出手來捏了捏自個兒的大腿，痛得齜了齜牙，齜牙的這個空隙中，他憋出幾個字來：「君上，小仙可以摸一摸娘娘嗎？」

夜華咳了一聲。我驚了。

這成玉雖寬袍廣袖，一身男子裝束，他說話的聲調兒卻柔柔軟軟的，胸前也波濤洶湧，忒有起伏，一星半點兒也瞧不出是個男子。依本上神女扮男裝許多年扮出來的英明之見，這成玉元君，原是個女元君。

夜華尚沒說什麼，糰子已噌噌跑過來，擋在我跟前，昂頭道：「你這個見到新奇東西就想摸一摸的癖性還沒被三爺爺根治過來嗎？我娘親是我父君的，只有我父君可以摸，你摸什麼摸？」

夜華輕笑了一聲，我咳了一咳。

成玉臉綠了綠，委屈道：「我長這麼大，頭一回見著一位女上神，摸一摸都不成嗎？」

糰子道：「哼！」

成玉繼續委屈道：「我就只摸一下，只一下，都不成嗎？」

糰子繼續道：「哼！」

成玉從袖子裡摸出塊帕子，擦了擦眼睛道：「我年紀輕輕的，平白無故被提上天庭做了神仙，時時受三殿下的累，這麼多年過得淒淒涼涼，也沒個盼頭，平生的願望就是見到一位女上神時，能夠摸一摸，這樣一個小小的念想也無法圓滿，司命對我忒殘酷了。」

她這副悲催模樣，真真如喪考妣。我腦子轉得飛快，估摸她口中的三殿下，糰子口中的三爺爺，正是桑籍的弟弟，夜華的三叔連宋君。

糰子張了張嘴，望了望我，又望了望他的父君，掙扎了半日，終於道：「好吧，你摸吧，不過只准摸一下哦。」

夜華瞟了成玉一眼，重回到石桌跟前繪他的圖，提筆前輕飄飄道：「當著我的面調戲我老婆，誆我兒子，成玉妳近日越發出息了嘛。」

成玉喜孜孜抬起的手連我衣角邊也沒沾上一分，老實巴交地垂下去了。

糰子將那沉沉的布套子一路拖進亭子，像模像樣地解開，果然是斬成段的果蔗。他挑出來一段尤其肥壯的遞給我，再挑出一段差不多肥壯的遞給他父君。但夜華左手握著筆，右手又壞著，沒法來接。

糰子蹭過去，踮起腳尖來抱著他父君那沒知覺的右手，皺著鼻子「啪嗒」掉下來兩顆淚，咽著哭聲道：「父君的手還沒好嗎？父君什麼時候能再抱一抱阿離啊？」

我鼻頭酸了一酸。折顏說他的手萬兒八千年再也好不了，他瞞著糰子，瞞著我，該怎麼便怎麼，自己似乎也不大看重。我為了配合他演這一場戲，只得陪著他不看重，但我心裡頭其實很介懷這個事。可木已成舟，再傷懷也無濟於事，他為我失了右手，從今往後，我便是他的右手。

夜華放下筆頭來，單手抱起糰子，道：「我一隻手照樣抱得起你，男孩子動不動就落淚，成什麼體統。」眼風裡掃到我，似笑非笑道，「我雖然一向覺得美人含愁別有風味，妳這愁含得，卻委實苦了些。我前日已覺得這條胳膊有些知覺，妳別擔心。」

我在心中嘆了一嘆，面上做出歡喜神色來，道：「我自然曉得你這胳膊不久便能痊癒，卻不知痊癒後能不能同往常一般靈活。你描得一手好丹青，若因此而作不了畫，往後我同糰子描個像，還須得勞煩旁人，就忒不便了。」

他低頭笑了聲，放下糰子道：「我左手一向比右手靈便些，即便右手好不了也沒大礙。不然，現在立刻給妳描一幅？」

我張了張嘴巴。不愧是天君老兒選出來繼他位的人，除了打打殺殺，他竟還有這個本事。

一直老實巴交頹在一旁的成玉立刻精神地湊過來，道：「娘娘風采卓然，等閒的畫師都不敢落筆的，怕也只有君上能將娘娘的仙姿繪出來，小仙這就去給君上取筆墨畫案。」

成玉元君忒會說話，忒能哄人開心，一句話說得我分外受用，抬了抬手，准她了。

成玉來去一陣風地架了筆墨紙硯並筆洗畫案回來，我按著夜華的意思抱著糰子歪在美人靠上，見成玉閒在一旁無事，便和善地招她過來，落坐在我身旁，讓夜華順便將她也畫一畫。

糰子靠在我懷中一扭一扭的。

夜華微微挑眉，沒說什麼，落筆時卻朝我淡淡一笑。他這一笑映著身後黛黑的天幕，柔柔的燭光，彷若三千世界齊放光彩，我心中一蕩，熱意沿著耳根一路鋪開。

即便右手絲毫不能動彈，他用墨敷色的姿態也無一不瀟灑漂亮。唔，我覺得我選夫君的眼光真是不錯。

這幅圖繪完時，我並未覺著用了多少時辰，糰子卻已靠在我懷中睡著了。成玉湊過去看，敢言不敢怒，哭喪道：「小仙坐了這麼許久，君上聖明，好歹也畫小仙一片衣角啊。」

我抱著糰子亦湊過去看。

夜華左手繪出的畫，比他右手繪的果然絲毫不差。倘若讓二哥曉得他這個大才，定要引他為知己。

我一動一挪，鬧得糰子醒了，眨巴眨巴眼睛就從我膝蓋上溜下去。他瞧著這畫，哇哇了兩聲，道：「成玉，怎麼這上頭沒有你？」

成玉哀怨地瞟了他一眼。

我見成玉這模樣怪可憐的，挨了挨她的肩頭，安撫道：「夜華他近日體力有些不濟，一隻手畫這麼些時候也該累了，妳多體諒。」

成玉右手攏在嘴前咳了兩聲：「體、體力不濟？」

夜華往筆洗裡頭扔筆的動作頓了頓，我眼見著一枚白玉雕花的紫毫在他手中斷成兩截。

咳咳，說錯話了。

糰子很傻很天真地望著成玉，糯著嗓音道：「體力不濟是什麼意思？是不是父君他雖然抱得起阿離卻抱不起娘親？」

我呵呵乾笑了兩聲，往後頭退了一步。那一步還未退得踏實，猛然天地就掉了個個兒。待我回過神來，人已經被夜華扛上了肩頭。

我震驚了。

他輕飄飄對著成玉吩咐道：「將桌上的收拾了，妳便送阿離回他殿中歇著。」

成玉攏著袖子道了聲「是」，糰子一雙小手蒙著眼睛，對著他直嚷「採花賊採花賊」，成玉心虛地探手過去捂糰子的嘴。

五萬多年前我同桑籍定親時，阿娘教我為人新婦的道理全針對他們天宮，但夜華在同我的事上卻沒一回是按著他們天宮的規矩來的。從前和離鏡的那一段又因為年少清純，在閨閣之事上尋不出什麼前車之鑑，我在心中舉一反三地過了一遭，覺得事已至此，只有按著我們青丘的習俗來了。

我的三哥白頎編過一個曲兒，這個曲兒是這麼唱的：「妹妹妳大膽地往前走，看準了立刻就出手，用毛繩兒拴，用竹竿兒鉤，妳若是慢上一些些兒哎，心上的哥哥，他就被旁人拐走嘍。」我的三哥，他是個人才，這個曲子很樸素地反映了我們青丘的民風。

一路宮燈暈黃的光照出我同夜華融在一處的影子，他步子邁得飛快，我趴在他的肩頭，眼見著要拐出迴廊，拐到洗梧宮了，我暈頭轉向道：「你們天宮一向講究體統，你這麼扛著我，算不得一個體統吧？」

他低低笑了聲，道：「時時都講究體統，難免失許多情趣，偶爾我也想不那麼體統一回。」

於是我兩個就這麼甚不體統地一路拐回了他的紫宸殿。他單手扛著碩大的不才在下本上神我，走得穩穩當當，氣也沒喘一口。他殿中的小仙娥們見著這個陣勢，全知情知趣地退了出去，退在最後頭的那一個還兩頰緋紅地做了件好事，幫我們關上了大門。

我同夜華做這個事本就天經地義，這小仙娥臉紅得忒沒見過世面了。

上一回在西海水晶宮，夜華他十分細緻輕柔，今夜卻不知怎的，唔，略有點粗暴。

他將我放倒在床上，我頭枕著他不大穩便的右胳膊，他左手牢牢扳過我，尋著我的嘴，低笑著咬了一口。他這一口雖咬得不疼，但我覺得不能白被他占這個便宜，正預備咬回去，他的唇卻移向了我的耳根。

耳垂被他含在嘴裡反覆吮著，已被吮得有些發疼了，他輕輕一咬，一股酥麻立刻傳過我的四肢百骸，我聽得自己蚊子樣哼了兩聲。

我哼的這兩聲裡，他的唇漸漸下滑，不巧遇到一個阻礙，正是我身上這件紅裙子。這還是年前二嫂回狐狸洞小住時送我的，說是拿的什麼什麼絲做的珍品。對這個我沒什麼造詣，只曉得這衣裳一向穿起來不大容易，脫起來更不大容易。此番他只一隻手還靈便，脫我這不大容易脫的衣裳卻脫得十分順溜，眨眼之間，便見得方才還穿在我身上的裙子被他揚手一揮，扔到了地上。

他脫我的衣裳雖脫得行雲流水，輪到脫他自個兒的時，卻笨拙得很。我看不過眼，起身去幫他。他笑了一聲。我手上寬著他的外袍，他卻湊過來，唇順著我的脖頸一路流連，我被他鬧得沒法，手上也沒力，只能勉強絞著他的衣裳往左右拉扯。

我不得不佩服自己，這麼幾拉幾扯的，他那身衣裳竟也教我脫下來了。

他的頭埋在我胸口，在刀痕處或輕或重地吮著。這刀痕已經好了五百多年，早沒什麼感覺了，可被他這樣綿密親吻時，不知怎的，讓我從頭髮尖到腳趾尖都酸軟下來。心底也像貓撓似的，說不出什麼滋味，只覺難耐得很。我雙手圈過他的脖頸，他散下的漆黑髮絲滑過我的胳膊，一動便柔柔一掃，我仰頭喘了幾口氣。他靠近我的耳根道：「難受？」嘴上雖這麼輕憐蜜意地問著，手卻全不是那麼回事，沿著我的脊背，拿捏力道地一路向下撫動。

他的手一向冰涼，此時卻分外火熱。我覺得被他撫過的地方，如同剛出鍋的油果子，酥得一口咬下去就能化渣。他的唇又移到我下巴上來，一點一點細細咬著。我抿著唇屏住越來越重的喘息聲，覺得體內有個東西在迅速地生根發芽，瞬間便長成參天大樹。

這棵樹想將我抱著的這個人緊緊纏住。

他的唇沿著下巴一路移向我的嘴角，柔柔地親了一會兒，咬住我的下唇，逼著我將齒關打開。我被他鬧得受不住，索性狠狠地反親回去，先下手為強，將舌頭探入他的口中。他愣了一瞬，手撫過我的後腰，重重一揉，我被刺激得一顫，舌頭也忘了動，待反應過來時，已被他反過來侵入口中……

這一番糾纏糾纏得我十分情動，卻不曉得他這個前戲要做到幾時，待他舌頭

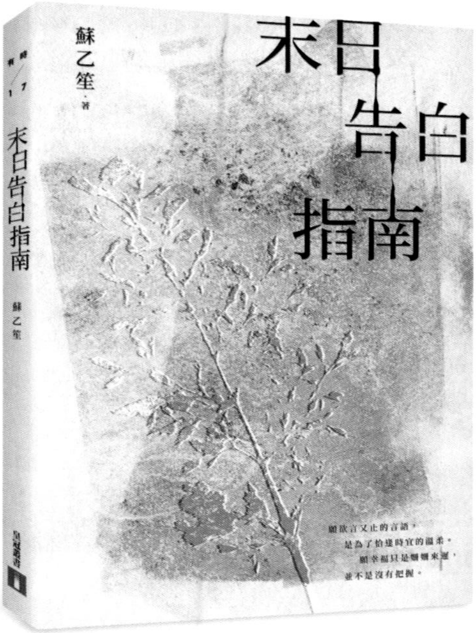
末日告白指南
蘇乙笙・著
有時 17
末日告白指南
蘇乙笙
皇冠叢書

從我口中退出來時，不由得催促道：「你……你快些……」話一出口，那黏糊糯軟的聲調兒將我嚇了一跳。

他愣了愣，笑道：「我的手不大穩便，淺淺，妳上來些。」

他這個沉沉的聲音實在好聽，我被灌得五迷三道的，腦子裡像攪著一鍋米糊糊，就順著他的話，上來了些。

他挺身進來時，我抱著他的手沒控制住力道，指甲向皮肉裡一掐，他悶哼了聲，湊在我耳邊低喘道：「明日要給妳修修指甲。」

從前在凡界擺攤子算命，生意清淡的時候，我除了看看話本，時不時也會撈兩本正經書瞧瞧。有本挺正經的書裡提到「發乎情，止乎禮」，說情愛這個事可以於情理之中發生，但須得因道德禮儀而終止。與我一同擺攤子的十師兄覺得，提出這個說法的凡人大約是個神經病。我甚贊同他。本上神十萬八千年也難得有朵像樣的桃花，若還要時時克制自己，就忒自虐了。

事後我靠在夜華的懷中，他側身把玩著我的頭髮，不知在想些什麼。我覺得腦子裡那一鍋米糊糊還沒緩過勁來，仍舊糊著。

糊了好一會兒，迷迷濛濛的，猛然卻想起件大事。

阿彌陀佛，四哥說得也並不全錯，我萬兒八千年裡頭，極偶爾的，的確要粗神經一回。我上九重天來照看夜華照看了這麼久，竟將這樁見著他就該立刻跟他提說的大事忘光了。

我一個翻身起來，壓到夜華的胸膛上，同他眼睛對著眼睛道：「還記得西海時我說要同你退婚嗎？」

他一僵，垂下眼皮道：「記得。」

我湊過去親了親他，同他鼻尖抵著鼻尖，道：「那時我沒瞧清自己的真心，說的那個話你莫放在心上，如今我們兩情相悅，自然不能退婚，唔，我在西海時閒來無事推了推日子，九月初二宜嫁娶、宜興土、宜屠宰、宜祭祀，總之是個萬事皆宜的好日子，你看要不要同你爺爺說說，我們九月初二那天把婚事辦了？」

他眼皮猛地抬起來，一雙漆黑的眸子裡倒映出我半張臉，半晌，低啞道：「妳方才，說什麼？」

我回過去在心中略過了過，覺得也沒說什麼出格的，又琢磨一陣，或許，依著他們天宮的規矩，由夜華出面找天君商議定下我和他的婚期，不大合體統？

天宮的規矩也忒煩瑣。

我想了想，湊過去挨著他的臉道：「是我考慮得不周全，這個事由你去做確然顯得不大穩重，要不然我去找找我阿爹阿娘，終歸我們成婚是樁大事，還是讓老人們提說才更妥當一些。」

我說完這個話時，身上猛地一緊，被他狠狠摟住，我哼了一聲。他將我揉進懷中，頓了半晌，道：「再說一次，妳想同我怎麼？」

我愣了一愣。我想同他怎麼，方才不是說得很清楚了嗎？正欲再答他一次，腦子卻在這時候猛然拐了個彎兒。咳咳，夜華他這是，怕他這是變著法子從我嘴裡套情話吧？

他漆黑的髮絲鋪下來同我的纏在一處，同樣漆黑的眼有如深潭，床帳中幽幽一縷桃花香，我臉紅了一紅，一番在嗓子眼兒滾了兩三遭的情話，本想壓下去，卻不曉得被什麼蠱惑，沒留神竟從唇齒間蹦了出來。我說：「我愛你，我想時時地地都同你在一處。」

他沒答話。

我們青丘的女子一向就是這麼坦白，有一說一，有二說二，但夜華自小在板正的九重天上長大，該不會，他嫌棄我這兩句話太浮蕩奔放了吧？

我正自糾結著，他沉默了一會兒，突然翻身將我壓住，整個人伏到我的身上來。我吃力地抱著他光滑的脊背，整個人被他嚴絲合縫貼得緊緊的。他咬著我的耳垂，壓著聲兒低低道：「淺淺，再為我生個孩子。」我只覺得「轟」的一聲，全身的血都立時躥上了耳根，耳根如同蘸了鮮辣椒汁兒，火辣辣地燙。我覺得這個話有哪裡不對，一時卻也想不通透是哪裡不對。

這一夜浮浮沉沉的，約莫卯日星君當值時候才沉沉睡著。平生第一回曉得春宵苦短是個什麼滋味。

我醒過來時，殿中暗著，夜華仍睡得很沉。這麼一醒過來便能見著他，我覺得很圓滿。

我微微向上挪了些，抵著他一張臉細細端詳。他這一張臉神似我師父墨淵，我卻從未將他認作墨淵過，如今瞧來，也有些微的不同。譬如墨淵一雙眼便不似他這般漆黑，也不似他這般古水無波。

墨淵生得這麼一張臉，我瞧著是無上尊崇的寶相莊嚴，夜華他生得這麼一張臉，我最近瞧著，卻總能瞧出幾分令自個兒心神一蕩的難言之色。

我抵著他的臉看了許久，看了一陣後瞌睡又來了。我只道他沉睡著，翻了個身打算再瞇一會兒，卻被他手伸過來一把撈進懷中。我一驚。他仍閉著眼睛道：「妳再看一會兒也無妨的，看累了便靠在我懷中躺一會兒吧，牆角終歸沒我懷裡暖和。」

我耳根子一紅，訕訕乾笑了兩聲，道：「你臉上有個蚊子，咳咳，正要幫你捉來著，你這麼一說話，把它嚇走了。」

他哦了一聲，道：「不錯，妳竟還有力氣起來幫我捉蚊子。」一個使力將我抱到了他的身上，「起來還是再睡一會兒？」

我一隻手抵著他的肩膀，注意不壓著他太甚，一隻手摸著鼻頭道：「倒是還想睡，可身上黏黏糊糊的，也睡不大著了，叫他們抬兩桶水進來，我們先沐個浴再接著睡吧。」

他起身披了件衣裳下床，去喚小仙娥抬水了。

經了這一夜，我覺得夜華他身上的傷大約已好得差不多，放了大半的心，琢磨著尋常瞞著他添進他茶水的養生補氣的丹藥，也該適時減些分量了。

我同夜華那一紙婚約，天君不過文定時送了些小禮，尚未過聘。我在心中計較著，已排好日子讓阿爹暗地裡去敲打敲打天君，催他盡早過聘選日子，唔，當然，最好是選在九月初二。

夜華如今沒剩多少修為，我擔心他繼天君之位時過不了九道天雷八十一道荒火的大業。自古以來這個大業便是繼任天君和繼任天后一同來受，我打算快些同他成婚，因想著屆時受這個大業時，我能代他受了。如今我身上的修為，雖當初封印擎蒼時折了不少，但獨自受個天雷荒火的，大約也還受得起。不過，到時候怎麼將夜華騙到，不許他出來，卻是個問題。夜華他顯見得沒我年輕時那麼好騙。

我想了許多，沐浴後漸漸地入睡。

本以為這一樁樁一件件事已理得順風順水，沒想到一覺醒來之後，夜華一席話卻生生打翻我這個算盤。

他將我摟在懷中，悶悶道，九月初二是不行了，我們這一趟大婚，至少還須得緩上兩個多月。

因他這兩個多月，要下凡歷一個劫。

這一個劫，同那四頭凶獸有脫不了的關係。

說夜華此前雖是奉天君的命去瀛洲毀神芝草，但天君並未令他砍了父神留下的四頭凶獸。父神身歸混沌這麼多年，用過的盤碗杯碟，即便缺個角的都被他們天族扛上九重天供著了，更遑論這注了父神一半神力的四頭凶獸。

夜華毀了神芝草，是件大功德，砍了那四頭守草的凶獸，卻是件大罪過，功過相抵，還餘了些罪過沒抵掉，便有了他下凡歷劫的這個懲罰。

所幸三千大千世界中的十億數凡世，天君老兒給夜華挑的這個凡世，它那處的時辰同我們四海八荒的神仙世界差得不是一星半點。我們這處一日的時辰，它們那處便滿打滿算的一年。是以夜華雖正經地下去輪迴轉世歷六十年生死劫，也不過只同我分開兩個多月罷了。

但即便只同夜華分開兩三個月，我也很捨不得。我不曉得自己對他的這個心是何時至此的，但將這個心思揣在懷中，我覺得甜蜜又惆悵。

大約我同夜華今年雙雙流年不利，才無福消受這樁共結連理的好事。想到這裡，我嘆了一嘆，有些蕭瑟。

夜華道：「妳願意等我兩個月嗎？」

我掐指算了算，道：「你八月初下界，要在那處凡世待上兩個多月，唔，將婚期挪到十月吧，十月小陽春，桃李競開，也是個好時候。」想了想又擔憂道，「雖於我只是短短兩個月，於你卻也是極漫長的一生，司命給你寫的命格你有否看過？」

上回司命給元貞寫的那個命格，我有幸拜讀後，深深為他的文采折服。我受少辛的託，去凡界將元貞的命格略攪了一攪，沒能讓司命他費心安排的一場大戲正經擺出來，難保他沒在心中將我記上一筆。若因此而讓他將這一筆報在夜華身上，安排出一段三角四角多角情……我打了個冷戰。

夜華輕笑一聲，親了親我額角道：「我下界的這一番命格非是司命來寫，天君與諸位天尊商議，令司命星君將命格簿上我那一頁留了白，因緣如何，端看個人造化。」

我略寬了心，為保險起見，還是款款囑咐：「你這一趟下界歷劫，即便喝了冥司冥主殿中的忘川水，也萬不能娶旁的女子。」他沒說話，我躊躇了一會兒，道：「我什麼都不擔心，就怕……呃，就怕你轉生一趟受罰歷劫，卻因而惹些不相干的桃花上來。你……你大約也曉得，我這個人一向並不深明大義，眼睛裡很容不得沙子。」

他撥開我垂在耳畔的頭髮，撫著我的臉道：「如今連個桃花的影子都沒有，妳便開始醋了？」

我訕訕咳了兩聲。我信任夜華的情意，他若轉生也能記得我，我自然無須這般未雨綢繆。可仙者下界歷劫，一向有個變態規矩，須得灌那歷劫的仙者一大碗忘川水，忘盡前塵往事，待歸位後才能將往常諸般再回想起來。

他攏了攏我的髮，笑道：「若我那時惹了桃花回來，妳待怎麼？」

我想了想，覺得是時候放兩句狠話了，板起一張臉來，陰惻惻狀道：「若有那時候，我便將你搶回青丘，囚在狐狸洞中，你日日只能見著我一個，用膳時只能見著我一個，看書時只能見著我一個，作畫時也只能見著我一個。我管你只能見著我一個舒坦不舒坦呢，我舒坦就成了。」設身處地想了想，補充道，「那樣，我大約是舒坦的。」

他眼中亮了一亮，手撥開我額前髮絲，親著我的鼻樑，沉沉道：「妳這樣說，我倒想妳現在就將我搶回去。」

第二十一章　魂兮歸來

八月十五鬧中秋，廣寒宮裡年前的桂花釀存得老熟了，嫦娥令吳剛在砍樹之餘挑著酒罈子，第一天到第三十六天的宮室挨個兒送了一壺。我將送到洗梧宮的這壺溫了溫，同夜華各飲了兩盅，算是為他下界餞行。

我原本想跟在他身旁守著，他不允，只讓我回青丘候著他。

夜華不願我跟著，大約是怕我在凡界處處回護他，破戒使術法，反噬了自己。但我覺得能讓他少受些磨難，被自個兒的法術反噬個一兩回也沒怎的。心裡盤算著先做段戲回青丘，令他放心，待他喝了忘川水轉世投生後，我再厚顏些，找到他跟前去。

愛一個人便是這樣了，處處都只想著所愛之人好，所愛之人好了，自己便也好了。這正是情愛的妙處，即便受罪吃苦頭，倘若心裡頭有一個人揣著，天大的罪天大的苦頭，也不過一場甜蜜的煎熬。

司命星君做給我一個人情，同我指了條通往夜華的明路。

夜華歷劫的這一世，投身在江南一個世代書香的望族，叔伯祖父皆在廟堂上供著要職。

司命興致勃勃，嘖嘖讚嘆，說依他多年寫命格寫出來的經驗之談，這種家庭出身的孩子將來必定要承襲他父輩們的衣缽，憑一枝筆桿子翻雲覆雨於朝野之巔，而夜華向來拿慣了筆桿子，這個生投得委實契合。

但我曉得凡界此種世家大族最講究體統，教養孩子一板一眼，忒無趣，教養出的孩子也一板一眼，忒無趣，全不如鄉野間跑大的孩子來得伶俐活潑。夜華本就不大活潑，我倒不指望他轉個生就能轉出活絡性子來，只是擔憂他童年在這樣的世家裡，會過得寂寥空落。

夜華投的這一方望族姓柳，本家大少爺夫人的肚子爭氣，將他生作了長孫，取名柳映，字照歌。我不大愛這個名，覺得文氣了些，同英姿勃勃的夜華沒一絲合襯。

我回青丘收拾了四五件衣裳，打了個包裹，再倒杯冷茶潤了潤嗓子，便火急火燎地趕去折顏的十里桃林，想厚顏無恥地再同他討些丹藥。不過走到半路，便見著折顏踩著一朵祥雲急急奔過來，後頭還跟著騎了畢方的四哥。

他們在我跟前剎住腳。

四哥一雙眼睛冒光，道：「小五，大約妳今日便能一償多年的夙願了。我們剛從西海趕回來，疊雍他昨夜折騰了一夜，今早折顏使追魂術追他的魂，卻發現墨淵的魂已不在疊雍元神中。我們正打算去炎華洞中瞧瞧，墨淵睡了七萬年，想是挑著今天這個好日子，終於醒了……」

我愣了一愣，半晌沒回過神來。待終於將這趟神回過來時，我瞧得自己拉著四哥在我跟前晃蕩的右手，嗓子裡躥出結巴的幾個字：「師、師父他醒了？他竟醒了？」

四哥點頭，復蹙眉道：「妳包裹落下雲頭了。」

我曉得墨淵不出三個月便能醒來，掐指一算，今日離疊雍服丹那日卻還不滿兩月，這樣短的時日，他竟能醒過來。他真的醒過來了？

七萬年，四海之內，六合之間，我避在青丘裡，雖沒歷那生靈塗炭天地暗換，卻也見著青丘的大澤旱了七百七十九回，見著那座百年便移一丈的謁候山從燭陰他們洞府直移到阿爹阿娘的狐狸洞旁。七萬年，我人生的一半。我用一半的人生做的唯一一件事便是候著師父他老人家醒來。如今，他終於醒過來了。

折顏在一旁低低一嘆：「倒也不枉夜華那小子散了一身修為。」

我酸著眼角點了點頭。

四哥笑道：「夜華那樁事我聽折顏說了，他倒是個實實在在的情種。可妳這時運也忒不濟了些，剛償清墨淵的債，又欠下夜華的。墨淵妳能還他七萬年心頭血，這夜華的四萬年修為，妳卻打算怎的？」

我抽出摺扇來擋住發酸的眼角，答他：「我同夜華終歸要做夫妻，我以為夫妻間相知相愛，誰欠誰的，無須分得太清。」

折顏站在雲頭笑了一聲，道：「這回妳倒是悟得挺透徹。」

畢方輕飄飄道了聲恭喜，我應承了，還了他一聲謝。

折顏和四哥走在前頭，我撥轉雲頭，跟在後頭。夜華那處可暫緩一緩，當初我拜師崑崙墟學藝時，很不像樣，極難得在墨淵跟前盡兩回弟子的孝道。後來懂事些，曉得盡孝時，他卻已躺在了炎華洞中。

此番墨淵既醒了，我強抑住一腔歡喜之情，很想立時便讓師父看看，他這個最小的弟子也長大了，穩重了，曉得疼惜人了。

小十七過得很好。

因我做墨淵弟子時是個男弟子，正打算幻成當年司音的模樣，卻被折顏抬手止住了，道：「憑墨淵的修為，早看出妳是女嬌娥，不拆穿妳不過是全妳阿爹阿娘一個面子，妳還當真以為自己糊弄了他兩萬年。」

我收好摺扇，做出笑來：「說得是，阿娘那個術法糊弄糊弄我十六個師兄還成，我一向就懷疑要糊弄成功師父他老人家有些勉強。」

我們一行三個靠近楓夷山的半腰，我搶先按下雲頭，半山月桂，幽香陣陣。踩著八月的清秋之氣，我一路撞進炎華洞中。

繚繞的迷霧裡，洞的盡頭，正是墨淵長睡的那張冰榻。

這樣要緊的時刻，眼睛卻有些模糊，我胡亂搭手抹了把，手背指尖沾了些水澤。

冰榻上影影綽綽坐著個人影。

我幾步踉蹌過去。

那側靠在冰榻上的，正是，正是我沉睡多年的師父墨淵。

他偏頭瞧著近旁瓶子裡養的幾朵不值錢的野花。那神情姿態，同七萬年前沒一絲分別，卻看得我幾欲潸然淚下。

七萬年前，我們師兄弟輪值打掃墨淵住的廂房，我有個好習慣，愛在屋裡的小瓶中插幾束應節的花枝。墨淵每每便是這麼細細一瞧，再對我讚許一笑。每得他一個讚許的笑，我便覺得自豪。

我撞出的這一番動靜驚了他，他轉過頭來，屈腿抬手支著腮幫，淡淡一笑：「小十七？唔，果然是小十七。過來讓師父看看，這些年，妳長進得如何了。」

我穩住步子，揣著急擂鼓般的一副心跳聲，眼眶熱了幾熱，顫巍巍撲過去，抖著嗓子喊了聲師父，千迴百轉的，又傷感又歡喜。

他一把接住我，道：「怎麼一副要哭出來的模樣，唔，這身裙子不錯。」

折顏撩開霧色踏進來，後頭跟著四哥，笑道：「你睡了七萬年，可算醒了。」

炎華洞中清冷，我打了個噴嚏，被四哥拖出了洞。折顏同墨淵一前一後踱出來。

當年崑崙墟上，我上頭的十六個師兄，除了九師兄令羽是墨淵撿回來的，另外十五個師兄的老子們在天族裡頭都挺有分量。七萬年前墨淵仙逝後，聽說師兄們尋了我幾千年，未果。後來便一一被家裡人叫回去，履他們各自的使命去了。

四哥曾悄悄去崑崙墟探過一回，回來後唏噓道，當年人丁興盛的崑崙墟，如今只剩一個令羽和幾個小童子撐著，可嘆可嘆。

我不曉得若墨淵問起我崑崙墟，我該怎麼將這樁可嘆的事說出口。

我一路忐忑回狐狸洞。

不想他開口問的第一件事卻並不是崑崙墟。

他坐在狐狸洞中，迷穀泡上來一壺茶，我給他們一一倒了一杯，趁我倒茶的這個空隙，他問折顏道：「我睡的這些年，你可曾見過一個孩子，長得同我差不多的？」

我手中瓷壺一偏，不留神，將大半水灑在了四哥膝頭。

四哥咬牙切齒對著我笑了一笑，隱忍地將膝頭水拂去了。

四海八荒這麼多年裡，我只見過一個人同墨淵長得差不離，這個人便是我的準夫婿夜華。

夜華同墨淵長得一張臉，起初我雖有些奇怪，但並未覺得他們有何關係。

我覺得大約長到極致的男子都會長成這個模樣，夜華標緻得極致了，自然就是這個模樣了。

但聽墨淵說話的這個勢頭，他們兩個，卻不僅像是有關係，且還像是有挺大的關係。

我豎起一雙耳朵來切切聽著，折顏呵呵了兩聲，眼風裡瞟了我一眼，道：「確然有這麼一個人，你這小徒弟還同他挺相熟。」

墨淵望過來看了我一眼，我臉皮紅了一紅。這境況有幾分像和情郎私定終身的小鴛鴦，卻運勢不好攤上個壞嘴巴的妹子，被妹子當著大庭廣眾將貼身揣著的風月事嚼給了爹娘，於是，我有點不好意思。

折顏一而再再而三地給我遞眼色，我瞧他遞得眼都要抽筋了，只得故作從容道：「師父說的這個人，嘿嘿，大約正是徒弟的未婚夫，嘿嘿，他們天族這一代的太子，嘿嘿嘿嘿……」

墨淵浮茶水的手一頓，低頭潤了口嗓子，半晌，不動聲色道：「這個選娘子的眼光，唔。」抬頭道，「妳那未婚夫叫什麼？何時出生的？」

我老實報了。

他掐指一算，淡淡然喝了口茶：「小十七，我同胞的親弟弟，就這麼給妳拐了。」

我五雷轟頂道：「啊？」

眼風裡虛虛一瞟，不止我一個人，折顏和四哥這等比我更有見識的，也全目瞪口呆，一副被雷劈熟了的模樣。

墨淵轉著茶杯道：「怪不得你們驚訝，就連我也是在父親仙逝時才曉得，當年母親雖只生下了我一個，我卻還有一個同胞的弟弟。」

墨淵說，這件事須從母神懷上他們一對兄弟開始說起。

說那一年，四極摧，九州崩，母神為了補撐天的四根大柱子，大大動了胎氣。生產時，便只能保住大的沒能保住小的。父神深覺對不住小兒子，強留下了那本該化於天地間的小魂魄，養在自己的元神裡，想看看有沒有這個天數和機緣，能為小兒子做一個仙胎，令他再活過來。父神耗一半的法力做成了仙胎，小兒子的魂魄卻無論如何也喚不醒。父神便將這仙胎化作一顆金光閃閃的鳥蛋，藏在了崑崙墟後山，打算待小兒子的魂魄醒過來再用。

可天命如此，沒等著他們小兒子的魂魄醒轉過來，母神父神已雙雙身歸混沌。

父神仙逝前，才將這樁事說給墨淵聽了，並將元神中小兒子的魂剝了下來，一併託給墨淵。墨淵承了親兄弟的魂，也同父神一般，放在元神中養著。滄田桑海桑海滄田，墨淵養在元神中的胞弟卻一直未能醒來。

墨淵道：「大約我以元神祭東皇鐘時，他終於醒了。如今我能再回來，估摸也是我魂飛魄散之時，他費神將我散掉的魂一片一片收齊了。我隱約間有印象，一個小童子坐在我身旁補我的魂，七八千年地補，補到一半，卻有一道金光直達我們處的洞府，將他捲走了。他走後，我便只能自己修補，多有不便，速度也慢下來。此番聽你們這個說法，他已是天族的太子，估摸那時天上的哪位夫人逛到崑崙墟，吞下了父親當年埋下的那枚鳥蛋，仙胎在那位夫人腹中扎了根，才將他捲走的。」

折顏乾乾笑了兩聲，道：「怪不得我聽說夜華那小子出生時，七十二隻五彩鳥繞樑八十一日，東方的煙霞晃了三年，原來他竟是你的胞弟。」

方才初聽得這個消息時我五雷轟頂了一回，因從未想過有一日竟能和墨淵攀上這樣的親。如今聽他說完這段因果，我忒從容地進入了大驚之後的大定境界，甚而覺得夜華他長得那個樣子，生來就該是墨淵的胞弟。

九重天上的史籍明明白白地記載道，父神只有墨淵一個兒子，可見這些寫史的神官都是些靠不住的。信這些史籍，還不如信司命閒來無事編的那些話本子。

墨淵想去瞧一瞧夜華，但他方才醒來，要想恢復得如往常那般，還須正經閉關休養個幾年。我擔心他身子骨不靈便，貿然去凡界走一趟於休養不利，便昧著良心找了個藉口搪塞，約定待他將養好了，再把夜華領到他跟前來。

炎華洞雖靈氣匯盛，但清寒太過，不大適宜此時墨淵將養了。他一心想回崑崙墟後山長年閉關的那處洞府住著，我雖不大願意他瞧著如今崑崙墟淒清的模樣傷情，但到底紙包不住火，他終歸要傷這麼一回情。想著晚傷不如早傷，喝過兩回茶後，我便跟著墨淵同回崑崙墟了。折顏和四哥閒來無事，也跟著，畢方便也跟著。

我們一行五人飄著三朵祥雲挨近崑崙墟，四哥曾說現今的崑崙墟十分可嘆。我果然嘆了一嘆。

自山門往下，或立或蹲或坐著許多小神仙，紫氣青氣混作一團，氤得半座山雲蒸霞蔚，仙氣騰騰復騰騰，是個人都看得出它是座仙山。

呃，我在此間學藝那兩萬年，崑崙墟一向低調，不過七萬年，它竟如此高調了？

畢方馱著四哥，縮了爪子落下去，挑了個老實巴交的小仙攢拳求教。

小神仙眨巴眨巴眼睛，道：「我也不曉得，我是出來打醬油的，路上聽說有道龍氣繞著隔壁山頭氤了三四天，許多仙友都湊來瞧熱鬧了，我就一道來看看。

這一趟沒白跑，那龍氣，嘖嘖嘖，不是一般的龍氣啊，真好看，我都坐在這裡看了兩天了。你把這個鳥放出去捉會兒蟲子吧，下來和我們一同看，保準能飽你的眼福，我這還有個位置，來，我們倆蹲著擠一擠……」

四哥道了謝，推辭了那小神仙的一番好意，默默無言地回來，咳了聲：「沒什麼，他們仰慕崑崙墟的風采，特地過來膜拜膜拜。」

折顏攏著袖子亦咳了聲，揶揄笑意從眼角布到眉梢，與墨淵道：「崑崙墟本就是龍骨頂出的一座仙山，許是它察覺你要回來了，振奮得以龍氣相迎吧，是以吸引了周邊一些沒甚見識的小仙。」

墨淵不動聲色地抽了抽嘴角。

為了不打擾半座山的小神仙們看熱鬧，我們一行五個皆是隱身進的山門。九師兄忒因循守舊了些，山門的禁制數萬年如一日，絲毫未有什麼推陳出新。

我以為今日大約只能見著令羽，甫進山門，十來步開外列出的陣仗卻將我嚇了一跳。我的十六個師兄，皆穿著當年崑崙墟做弟子時的道袍，梳著道髻，分兩路列在丈寬的石道旁。

院中的樹仍是當年西方梵境幾位佛陀過來吃茶時帶來的娑羅雙。我的十六位師兄垂著雙手肅穆立在娑羅雙樹下，彷彿七萬年來他們一直這般立著。

大師兄率先紅了眼眶，撲通一聲跪在地上，顫聲道：「前幾日九師弟傳來消息，道崑崙墟龍氣沖天，時有龍吟之聲，不知是什麼兆頭，我們師兄弟連夜趕回來，雖想過許是師父您老人家要回來的吉兆，卻總不能置信。今日在殿中覺察到您於山門外徘徊的氣澤，我們匆匆趕出來，卻終趕不及去山門親自迎接您。師父，您走了七萬多年，總算是回來了。」話畢，已是泣不成聲。他面容雖還是年輕時的面容，年紀卻也一大把了，哭得這樣，教人鼻頭發酸。另外的十五個師兄也一一跪下泣不成聲，十六師兄子闌哭得尤其不成聲。

墨淵沉了沉眼眸，道：「教你們等得久了，都起來吧，屋裡敘話。」

這一番敘話，開初各位師兄先哭了一場，哭完了，便敘的是當年不慎被他們搞丟了的不才在下本上神，司音神君我。

提到我，大師兄悲得幾欲岔氣。當年本是我給他們下藥，又盜了墨淵的仙體連夜趕下崑崙墟。我的這一番錯處他絕口不提，只連聲道沒能看住我，將我搞丟了，是他的錯。這些年他不停歇地找我，卻毫無音信，大約我已凶多吉少。他身為大師兄卻這般失職，連小師弟也保不住，請師父重重責罰。

我靠在四哥身旁，聽他這麼說，紅著眼圈趕緊坦白：「我沒有凶多吉少，我好端端地站在這兒，我不過換了身衣裳，我就是司音。」

眾位師兄傻了一傻，大師兄一個趔趄摔倒在地，緩了好一會兒，爬起來抱住我抹著淚珠兒辛酸道：「九師弟說人人心中都有一個斷袖夢，當年那鬼族二皇子來拐你時，我打得他絕了這個夢，卻沒及時扼住你的這個夢，可憐的十七喲，如今你竟果然成了個斷袖，還成了個愛穿女裝的斷袖……」

四哥忍不住噗哧笑了聲。

我忍著淚珠兒悲涼道：「大師兄，我這一張臉，你看著竟像是男扮女裝的嗎？」

十師兄拉開大師兄訥訥道：「妳以前從不與我們共浴，竟是這個道理，原來十七妳竟是個女兒家。」

四哥拉長聲調道：「她是個女……嬌……娥……」

我踹了他一腳。

大師兄從前並不這樣，果然上了年紀，就容易多愁善感些。敘過我後，又敘了敘師兄們七萬年來各自開創的豐功偉業。

我的這十六位師兄，年少時大多不像樣，我跟著他們，雖不再上樹打棗下河摸魚了，卻學會了鬥雞走狗賽蛐蛐兒，學會了打馬看桃花、喝酒品春宮，紈褲們做的事我一件件都做得嫻熟，瞞著師父在凡界胡天胡地，還自以為是個千年難遇的風流種。

將我帶成這樣，我的十六位師兄功不可沒。可就是將我帶成這個模樣的一堆師兄們，如今，他們竟一一成才了。老天排他們的命數時，想必是打著瞌睡的。但老天打的這個瞌睡卻打得我很開懷，想必師父他老人家也很開懷。

開懷一陣後，耳朵裡灌著師兄們的豐功偉業，再想想他們建功立業時我都做了些甚，兩相一對比，慘淡之情沿著我的脊樑背油然而生。

四哥拿枝筆在一旁唰唰記著，不時拊掌大喝：「傳奇，傳奇。」慘淡之情外，又令我油然而生一股丟人之情。

十師兄安慰我道：「妳是個女兒家，呃，女嬌娥嘛，女嬌娥無須建什麼功立什麼業，我的妹妹們便成天只想著嫁個好婆家，十七妳只須嫁個好婆家就功德圓滿了。」

十六師兄笑嘻嘻道：「十七如今這年歲，不用說婆家了，孩子怕已經好幾個了吧？對了，何時讓師兄們見見妳的夫君？妳這個容貌品性，也不知嫁到了怎樣一個夫君。」

他這個話真是句句踩我的痛腳，我抹了把頭上的汗，訥訥乾笑兩聲：「好說，好說，下下個月我大婚，屆時請你們吃酒。」

墨淵一直坐在一旁微抬眼皮聽著，我那「吃酒」兩個字方從口中蹦出，他手中茶杯一歪，灑了半杯水出來。我趕緊衝過去收拾。折顏咳了兩聲。

九師兄令羽將崑崙墟打理得很妥貼，四哥個把月不回狐狸洞，他房中的灰便要積上半寸。我已七萬年不曾踏足崑崙墟，做弟子時睡的那間廂房卻半點塵埃也無。我微有汗顏，躺在床榻之上，翻了個身。

隔壁住的是十六師兄子闌。我聽得他敲了敲壁角，道：「十七，妳睡著了嗎？」

我鼻孔裡哼了一聲，以示未睡著。但這一聲比蚊子的嗡嗡聲大不了多少，我覺得他大約未聽到，又應了聲：「尚未睡著。」

他頓了一會兒，聲音挨著壁角飄過來，道：「這七萬年，為了師父，妳受苦了。」

我的印象當中，這位十六師兄總喜歡挑我的刺，同我反著行事。我說東他必然指西，我說甲好他必然將甲貶得一文不值。他如今說出這個話，我不得不多個心眼疑一疑，他到底是不是我的十六師兄，遂提高了聲調道：「你果然是子闌？」

他默了一默，哼了聲：「活該妳這麼多年嫁不出去。」

他果然是子闌。

我呵呵笑了兩聲，不同他計較，躺在床上再翻了個身。

我活到現在這個歲數，雖歷了種種憾事，但此時躺在崑崙墟這一張微薄的床榻上，卻覺得過去的種種憾事都算不得遺憾了。月光柔柔照進來，窗外並無什麼特別風景。

二哥常用知足常樂來陶冶我的心性。我從前不曉得什麼叫知足，覺得知足不如善忘能樂，過日子過得稀里糊塗顛三倒四。如今我曉得了，善忘不過是欺瞞自己來求得安樂日子，知足卻能令人真正放寬心。真正放寬心了，這安樂便是長久的安樂了。揣摩透了這個，一時間，我覺得自己圓滿得很，迫不及待想說給夜華聽一聽。

但此時的夜華大約聽不懂我說的這些。這個時辰，他正滿週歲了吧？唔，不知他滿週歲時會是個什麼模樣，那眼睛是像他現在這樣寒潭似的嗎？那鼻子是像他現在這樣高高挺挺的嗎？唔，不曉得和糰子長得像不像。

我想了許多，漸漸地睡著了。

墨淵回來這件大事不知怎的傳了開去，第二日一大早，天上飛的地上爬的，凡是有些靈根的，都曉得遠古掌樂司戰的上神回來了。

傳聞裡說的是，墨淵他頭戴紫金冠，身披玄晶甲，腳蹬皂角靴，手握軒轅劍，懷裡揣著個嬌滴滴的小娘子，於八月十六未時三刻，威風凜凜地落在了崑崙墟山頭。墨淵他落在崑崙墟山頭上時，沿著崑崙墟的長長一道山脈全震了三震，鳥獸們皆仰天長鳴，水中的魚龍們也浮出來驚喜落淚。

這傳聞編得忒不靠譜，聽得我們上下十七個師兄弟幾欲驚恐落淚。

紫金冠、玄晶甲、皂角靴並軒轅劍正是墨淵出征的一貫裝束，七萬年來一直供在崑崙墟正廳中供我們做弟子的瞻仰。那嬌滴滴的小娘子，我同四哥琢磨了許久，覺得指的大約是不才在下本上神我。

這麼個不像樣的傳聞，卻傳得八荒眾神人人皆知，於是一撥接一撥地前來朝拜。

墨淵他本打算回崑崙墟的第二日便閉關休養，如此，生生將日子往後順了好幾日。

來朝拜的小神仙們全無甚特別，有的被大師兄、二師兄帶到墨淵跟前說幾句話，有的只在前廳喝兩口茶，歇歇就走了。只第三日中午來的那個青年有些不同尋常。

這個青年穿一身白袍，長得文文秀秀，面上瞧著挺和順。

墨淵見著他時，冷淡神情微愣了一愣。

白袍青年得以覲見墨淵，卻並不參拜行禮，只挑了一雙桃花眼，道：「許久不見上神，上神精神依舊。仲尹此番來崑崙墟，只因昨夜姐姐與我託夢，讓我捎句話給上神，我姐姐，」他笑了笑，道，「她說她一個人，孤寂得很。」

我招了近旁七師兄身旁伺候的一個童子過來，令他過去給那白袍的仲尹添一杯茶水。

墨淵沒說話，只撐了腮淡淡靠著座旁的扶臂。

折顏瞟了墨淵一眼，朝仲尹和善道：「仲尹小弟，你這可是在說笑了，你姐姐少綰女君已灰飛煙滅十來萬年了，又怎能託夢與你？」

仲尹和氣地彎了彎眼角，道：「折顏上神委實錯怪仲尹，仲尹果真是來傳姐姐的話，沒半點旁的意思。我本不願費這個神，只是見夢中姐姐可憐，有些不忍，今日才負累來崑崙墟走一趟。折顏上神說仲尹的姐姐灰飛煙滅了，是以不能託夢給仲尹。可座上的墨淵上神當初也說是灰飛煙滅了，如今卻還能回得來，我姐姐她雖灰飛煙滅，魂都不曉得散在哪裡了，託個夢給我，又有何不可呢？」

話畢矮身施了個禮，自出了正廳。

待那叫仲尹的出得正廳，折顏唸了句佛。

墨淵從座上下來，沒說什麼，踱去後院了。我抬腳想跟過去瞧瞧，被折顏攔住了。

二師兄苦著一張臉湊過來：「師父就這麼走了，若還有仙友來朝拜，該當如何？」

折顏惆悵地望了望天，道：「都領去前廳喝茶吧，喝夠了送出去便是。唔，茶葉還夠不夠？」

我算了算，點頭道：「很夠，很夠。」

我一向覺得我的師父墨淵，他是個有歷史的人。一切都有丁有卯，師父他果然是個有歷史的人。但聽那白袍仲尹說的這麼些隻言片語，描繪的，卻彷彿是一段血雨腥風的歷史。我有些擔憂。本著做弟子該盡的孝道，打算將前廳的小神仙招呼完了，便去墨淵的廂房中寬慰寬慰他。

是夜，待我敲開墨淵的房門，他正坐在一張古琴跟前沉思，暈黃的燭光映得他面上神色略顯滄桑。我立在門口愣了愣，他一雙眼從古琴上頭抬起來，淡淡笑道：「站在門口做什麼，進來吧。」

我默默蹭過去，本意是前來寬慰他，憋了半日，卻一句話也沒憋出來。話說他的那樁事，我其實一星半點也不明瞭，但聽那白袍青年的說法，躲不過是一段風月傷情。倘若是段風月傷情，若要規勸，一般須拿句什麼話做開頭來著？

我正想得入神，耳中不意鑽進幾聲零落琴音。墨淵右手搭在琴弦上，隨意撥了撥，道：「妳這個時時走神的毛病真是數萬年如一日。」

我摸著鼻子笑了笑，笑罷湊到他近旁，拿捏出親切開解的口吻：「師父，人死不能復生，那仲尹大約也是掛念親姐，您卻別放在心上。」

他微愣了愣，低頭復隨意撥弄了三兩下琴弦，才淡淡道：「妳今夜過來，只是為的這樁事？」

我點了點頭。

琴音繚亂處戛然而止。

他抬頭一雙眼瞧過來，瞧了我半晌，卻問了個毫無相關的問題。他問的是：「妳對他，可是真心？」

我反應了半天才反應過來他問的是夜華，心中雖覺得在長輩跟前說這個事有些不好意思，但扭扭捏捏卻不是我一向的做派，摸了摸鼻子誠實道：「真心。十二萬分的真心。」

他轉開眼去，望著窗外半晌，道：「那便好，我便放心了。」

呃，他今夜神色有些古怪，難道，難道是擔憂我做女兒家做得不大像樣，以致嫁得不好？我想通了這個道理，喜孜孜安撫他：「師父不必憂心，夜華他很好，我們兩個情投意合，我對他真心，他對我也是一樣的。」

他仍沒回頭，只淡淡道：「夜深了，妳回房歇著吧。」

自那日後，墨淵難得到正廳來。我那夜跨了大半個庭院去寬慰他，待從他房中出來後才發覺其實並未寬慰到他什麼。我有些愧疚。大約這樣的事，還須得自個兒看開，旁人終究插不上手的吧。

本以為見不到墨淵，便能澆一澆這些前來朝拜的小神仙們的熱情，不想他們依舊踴躍得很。且越到後頭，來喝茶的神仙們的時辰便拖得越久，喝茶的盅數也日漸增多。四哥估摸這是一股攀比的邪風。正譬如我小時候同他也常攀比誰能在折顏處摘到更多的桃子，喝到更多的酒。於是迫不得已貼了張告示，上頭明文告知了來崑崙墟朝拜的神仙們，每人只能領一盅茶喝，且不能添水。可即便如此，來朝賀的小仙仍前仆後繼，多得惱人。

我在前廳裡頭扮茶博士扮了十二日，第十二日的夜裡，終於熬不住，將四哥拉到中庭的棗樹底下站了站，求他幫我瞞七八炷香的時辰，好讓我去凡界走一趟，瞧瞧夜華。

棗樹上結的冰糖棗已有拇指大小，果皮卻仍青著，不到入口的時節。四哥打下兩個來，掂在手中，道：「妳這麼偷偷摸摸的，就為這個事，該不是怕被妳師兄們曉得了，笑話妳兒女情長吧？」

他也有看走眼的時候。

我這樣同我的師兄們全沒關係，不過擔憂墨淵曉得他胞弟在凡世歷劫，勢必要去瞅一瞅，凡世濁氣重，有礙他仙體恢復。四哥會這麼想，大約他覺得女兒家面皮都薄些，即便我已上了歲數，亦不能例外。哪曉得我這一張臉皮竟比他估量的要厚上許多，我有點汗顏。

四哥伸出根手指頭來，道：「若是允妳七八炷香，我今夜便無須睡了。頂多允妳一炷香。夜華他不過下個凡塵歷個小劫，沒甚大不了的，這妳也要跟去瞧上一瞧，黏他黏得忒緊了些。」

我不動聲色地紅了耳根子。今日這工夫下得不是時候，我竟忘了下午他在迴廊上同折顏爭了兩句口角。但能得一炷香的時辰也令我滿足了，謝了四哥放開步子往山門走。

他將手中掂著的兩粒棗子投進一旁荷塘，輕飄飄道了句：「若過了一炷香妳還不回來，莫怪做哥哥的親自下來提妳。」可見四哥他今日賭折顏的氣賭得厲害。

崑崙墟星河璀璨，夜色沉沉，凡界卻青天白日，碧空萬里。我落在一間學塾的外頭，隱了行跡，聽得書聲琅琅飄出來：「叔向見韓宣子，宣子憂貧，叔向賀之……」

我循著琅琅的書聲往裡瞧，一眼便瞧中了坐在最後頭一個眉清目秀的孩子。這孩子的一張臉雖在凡人裡頭算出眾得很了，卻稍嫌稚嫩，約莫長開了也及不上夜華那張臉中看，但眉眼間冷淡的神色卻似了夜華十成十。

書聲畢，授課的夫子睜眼瞟了瞟手中的課本，道：「柳映，你起來與他們解解這段吧。」眉眼冷淡的這個孩子應聲而起。我心中一顫。本上神眼色忒好了些，這孩子果然是轉世的夜華。我就曉得，他無論轉成什麼模樣我都是認得他的。

他一條一條解得頭頭是道，夫子拈著一把山羊鬍子聽得頻頻嘉許，令我想起十六師兄子闌當年在課堂上的風光。

這事其實是段丟臉的傷心事。當年本上神年少無知，被一眾師兄帶得不上進慣了，課上墨淵講學，我覺得沒意思，便常與志趣相投的十五師兄丟紙條傳小話，以此尋樂子。但我們道行淺學藝不精，十回裡頭有九回都要被墨淵逮住。墨淵他責罰人的法子萬古長青，一被逮住，勢必是當著眾師兄的面背一段冗長的、枯燥的佛理。可憐我連他指定的那些佛理的邊邊角角是什麼都不曉得，更遑論當場誦出來。我躊躇復躊躇，期期艾艾。十六師兄永遠是在這時候被提起來，當著我的面流暢背出那段佛理，等閒還能略略將誦的段子解一解。於是乎，凡是有識之士，都立刻能一眼瞧出來我這個不長進的弟子，誠然的確是個不長進的弟子。

十五師兄和我同病相憐，我們覺得子闌實在聰明得討人嫌，指天指地地發誓，一輩子都不跟這種聰明人相好，還寫了封書兩兩按了手印，埋在崑崙墟中庭的棗樹底下，以此見證。

可如今，夜華在學堂上的這副聰明相，我瞧著，卻討人喜歡得很。

我隱在學塾的窗格子外頭，直等到他們下學。

兩個小書僮幫夜華收拾了桌面，簇著他出了門。我也在後頭跟著，不曉得如何才能自然地顯出身形來湊上去跟他搭個訕。我輾轉著，猶豫著，躊躇著。背後嗖嗖兩聲，我下意識一拂袖子，兩顆疾飛而來的小石頭立刻撥轉方向，咚咚砸在路旁一株老柳樹的樹幹上。

動靜引得夜華回頭，三四個半大毛孩子唾了聲，跑開了。邊跑邊唱著一首童謠，這童謠一共七句話，道的是「米也貴，油也貴，柳家生了個小殘廢。前世作孽今世償，天道輪迴沒商量。縱然神童識字多，一個殘廢能如何」。我腦子裡「轟」了一聲，抬眼去看夜華的右臂。

天君他奶奶的。夜華是他的親孫子，他一顆心卻也忒毒了些，轉個世也不給備副好肉身，夜華右臂的那管袖子，分明……分明是空蕩蕩的！

簇著夜華的兩個小書僮忠心護主，要去追那幾個小兔崽子，被止住了。那幾個小兔崽子我瞧著眼熟，在腦中過了過才想起是夜華的幾個同窗。身為過來人，他們的心思我自然摸得透徹，多半是自己功課不好瞧著夜華卻天縱奇才，於是生了嫉妒之心。可嫉妒歸嫉妒，默默在一旁不待見便得了，編個這麼惡毒的兒歌委實太過。哼，這樣不長進的兔崽子，將來吃苦的時候，就曉得當年做這些混帳事的糊塗了。

夜華左手拂了拂右臂那管空蕩蕩的袖子，微皺了皺眉，沒說什麼，轉身繼續往前走。我看在眼中，十分地心疼，卻又不能立刻顯出身形，以防嚇著他們幾個，只能空把一腔心酸生生憋回肚裡去。

我從黃昏跟到入夜，卻總沒找著合宜的時機在夜華跟前顯出真身來。那兩個小書僮時時地地跟著他，跟得我分外火大。夜華他戌時末刻爬上床，兩個小書僮寬了他的衣裳服侍他睡下，熄燈後立了半盞茶的工夫，終於打著呵欠退下去睡了。

我吁出一口氣來，解了隱身的訣，坐在夜華床邊，藉著窗外的月光，先挨近細細瞧了瞧他，再伸出手來隔著被子將他推醒。他「嗯」了一聲，翻了個身，半坐起來矇矓道：「出什麼事了？」待看清坐在他跟前的不是他的書僮而是我時，他愣了。他木愣愣地呆望著我，半晌，閉上眼睛復躺下去，口中含糊道了句：「原來是在作夢。」

我心中哐啷一抖，急匆匆地再將他搖起來，在他開口之前先截住話頭，問他：「你認得我？」我心知他必定不認得了，方才那句大約也只是被鬧醒了隨口一說，可總還揣著一絲念想，強不過要親口問一問。

他果然道：「不記得。」皺了皺眉，大約瞌睡氣終於散光了，頓了半日，道：「我竟不是在作夢？」

我從袖子裡掏出顆鴿蛋大小的夜明珠來，好歹藉著點亮光，拉過他的手蹭了蹭臉，笑道：「你覺得是在夢裡頭嗎？」

他一張臉，竟漸漸紅了。

我大為驚嘆。轉生後的夜華，竟原來如此害羞嗎？

我挨著他坐得更近些，他往後靠了靠，臉又紅了紅。這樣的夜華我從未見過，覺得新鮮得很，又往他跟前坐了坐，他乾脆退到牆角了，明明一張白淨的面皮已紅透了，面上卻還強裝淡定道：「妳是誰，妳是怎麼進我房中的？」

我想起從前看的一段名戲，講的是一個叫白秋練的白鱘精愛上一個叫慕蟾宮的少年公子，相思成疾，於是乎深夜相就，成其一段好事。夜華這樣，令我起了一絲捉弄之心，掩面憂鬱道：「妾本是青丘一名小仙，幾日前下界冶遊，慕郎君風采，於郎君結念，甚而為郎憔悴，相思成災，是以特來與郎一夜巫山。」末了再含羞帶怯瞟他一眼。這個話雖麻得我身上一陣緊似一陣，但瞟他的那個眼風，我自以為使得很好。

他呆了一呆。半晌，臉色血紅，掩著袖子咳了兩聲道：「可，可我只有十一歲。」

……

一炷香的時辰很快便過了。轉世的夜華比他尋常要有趣很多，看來這個凡世的柳家教養孩子，比九重天上孤零零坐鎮的天君教養得法些。我略放寬了心。

我未同他說什麼因果前世，他也信了我確然只是一個於偶然間為他的風采傾倒，動了凡心種了情根暗暗思慕上他的小仙。只不過一直糾結於自己不過十一歲而已，是怎麼將我這看來已超了荳蔻年華許多的女神仙傾倒了的，且自己還殘了隻手。

勸服他的這個過程分外艱辛。

我期待他能像一般孩子那麼好哄，但他這輩子投生投的是個神童，將來是個才子。才子這等人向來要比一般人更難說動些，於是我只能指天指地發誓做保，時不時還須得配上些柔弱悵然的眼風，低泣兩聲，這麼一通鬧騰，才終歸使他相信了。

臨別時我們彼此換了定情物，我給他的是當初下界幫元貞渡劫時他送的那個珠串。這個珠串能保他平安。我不能常陪著他，他戴上這個珠串也可教我不那麼憂心。他將脖子上套的玉珮取下來，套在我脖子上。我湊到他耳邊，不忘將大事再囑託一遍：「萬不能娶旁的女子，得空了我便多來看你，等你長大了，我就來嫁給你。」他紅著臉鎮定地點頭應了。

我說得空了便多去瞧瞧夜華，可回到崑崙墟後，卻一直沒能得出空來。

墨淵終於定下了閉關休養的日子，在七日之後。折顏要為墨淵煉些丹藥，令他閉關時帶進洞裡配著療養，點了我來幫他打下手。我成天在藥房與丹房中徘徊來去，連歇下來喝口茶潤嗓子的空閒都沒有。趕在九月初二上午，將煉成的丹藥裝在一個玉瓶中呈給墨淵，讓他帶進了洞。他入洞前神色慵慵，沒同眾師兄說什麼話，只單問了我一句：「夜華他對妳好嗎？」我誠實答了，他點了點頭，入了洞。

墨淵入關後，總算沒神仙再來朝拜了。我數了數山上的茶葉，將將喝盡。十五個師兄一一告辭回自己任上，留下了各自的小童子幫著九師兄照應。我跟著折顏和四哥便也告辭下山。

下山後，我一路飛奔前往凡界。

算來夜華如今已該十八九歲了，凡人就數這個歲數的風華最茂，不曉得六日前才十一歲的小夜華，他在凡世裡風華茂起來時，會是個什麼模樣。

我懷著一顆激動的心，輕飄飄落在柳家大宅前。

可將柳家的地皮一寸一寸翻遍了，也沒找著夜華，這一顆激動的心被冷水澆個透心涼。

我失望地出了柳家，尋個僻靜處顯出身形來，想了想，走到柳府前找了個看門的小僕一問。這一問，才曉得夜華他早幾年便登科及第，去這凡世的天子腳底下做官去了。

柳府的小僕眼朝天豪情萬丈：「我們大少爺是個百年難得一見的神童，天縱奇才啊天縱奇才，十二歲就入了太學，五年前皇帝爺爺開恩科，少爺隨便一考就考了個頭名的狀元，從翰林院編修平步青雲，如今已經做成了戶部的尚書大人，天縱奇才啊天縱奇才。」

我對夜華做的什麼官沒興趣，但曉得他的落腳處在哪裡卻很欣慰，重抖擻起精神來，捏了個訣閃上雲頭，朝他們天子的腳底下奔過去。

第二十二章　傷情過往

我在尚書府的後花園裡尋到了夜華。

我尋著他時，他身著黑緞料的常服，正同一個素服女子把酒看桃花。他坐的那一處，頭上一樹桃花開得煙煙霞霞。

與他對案的素服女子像是說了句什麼，他端起案上酒盅，朝那女子盈盈笑了笑，那女子立刻害羞狀低了頭。

他這一笑，雖和煦溫柔，看在我眼中卻十分刺目。

六日不見，他當我的定情物白送了，果然給我惹了亂七八糟的情債嗎？我醋意上湧，正待走近去探個究竟，背後突然傳來一個聲音：「多日不見上神，素錦在此給上神請安了。」

我一愣，轉過身來。

這隱身的術法本就只是個障眼法，障得了凡人的眼障不了神仙的眼。我看著跟前一襲長裙扮相樸素的素錦，頗有些不習慣道：「妳怎麼在此處？」

她一雙眼瞧著我，微彎了彎：「君上一人在凡世歷劫，素錦擔心君上寂寞，特地做了君上心心念念的人放到他身旁陪著。今日西王母辦茶會，素錦得了一個帖子，路過此處，便順道下來瞧瞧素錦做給君上的這個人，她將君上服侍得好不好。」

我滯了滯，轉頭望向同夜華在一處的那個素服女子。方才沒太留神，如今一瞧，那女子果然只是個披了人皮的人偶。我摸出扇子淡淡敷衍了句：「有心了。」

她殷切望著我道：「上神可知素錦是按著誰的模樣做的這個人偶嗎？」

我偏頭細細打量了幾眼，沒覺得那素服女子一張臉有甚特別。

她眼神縹緲道：「上神可聽說過，素素這個名字？」

我心中一顫。素錦這小神仙近日果然大有長進，甫見便能精準地踩到我的痛處。我怎麼會不曉得糰子那跳了誅仙台的親娘，夜華那深愛過的先夫人叫什麼名。但自從我察覺自己對夜華的心思後，便仔細打包了有關糰子他親娘的所有八卦，扔進箱子裡上三道鎖鎖了起來，發誓絕不將這箱子打開，省得給自己找不痛快。我並不是夜華他愛上的第一個人，每每想起便遺憾神傷。但天數如此，也無從埋怨，只能嘆一嘆時運不濟，情路多舛。

素錦瞧了瞧我的神色，道：「上神無須介懷，如今君上是個凡人，才瞧不出他面前坐的是個人偶，能得一個成全，教他把心心念念的夢想圓滿了。待君上回歸正身，即便那人偶長得是素素的臉，依著君上的脾性，又焉能將一個人偶看在眼中。」

她這是在告訴我，如今夜華已將這人偶十分地看在眼中了？

我呵呵笑了兩聲：「妳倒不怕夜華他回歸正身時，想起妳誆他這一段，怪罪於妳。」

她神色僵了僵，勉強笑道：「素錦不過做出一個人偶來，放到君上府前的街市上，若君上對她無意，兩人也只得一個擦肩之緣。但卻是君上一眼瞧中了她，將她帶回了府中。倘若到時候君上怪罪素錦，素錦也無話可說。」

我胸口一悶，撫著扇子沒答話。

她柔柔一笑，道：「可見，若真是將一個人刻進骨子裡的喜歡，那即便是喝了冥司冥主的忘川水，也還能留得些印象，轉回頭再愛上這個人的。對了……」

她頓一頓，慢悠悠道，「上神可知，君上三百年來，一直在用結魄燈集素素的氣澤？」

腦中霎時像掊過一個響鑼，震得我不知東南西北，胸中幾趟洶湧翻滾。

他，夜華他此前是打算再做一個素素出來嗎？

六日前那一夜，我坐在夜華的床邊問他認不認得我，他說認不得。六年後，他卻將街上一個本該也認不得的女子領回了家中。果真是他愛我不如他當初愛素素深，便識不得我。又或者說，或者說，三道鎖鎖住的那口箱子轟隆一聲打開，或者說只因我蒙上眼時有幾分像他那位先夫人，夜華他才漸漸愛上的我？靈台上半分清明不在，腦子亂成一團糨糊，連累得心口也痛了幾痛。

可縱然腦子裡亂成一團，我欽佩自己仍將上神的架子端得穩妥，從容道：「情愛這個事妳參詳得不錯，果然要如此通透，才能忍著夜華的忽視，還能在他側妃這個位置上一坐就是兩百多年。現今的小輩中，妳算是識大體的了，做的這個人偶做得挺細緻，讓她陪著夜華也好，省了本上神許多工夫。回頭夜華若要怪妳誆了他，本上神記得幫妳說兩句好話。」

她一臉的笑凝在面皮上，半日沒動彈，良久彎了彎嘴角，道：「多謝上神。」

我抬手揮了揮，道：「西王母的茶會耽擱了就不好了。」

她低頭跪安：「那素錦先退下了。」

待素錦走後，我轉頭瞟一眼，那人偶正同夜華斟酒。桃樹上幾瓣桃花隨風飄下來，散在夜華的髮上。那人偶伸出一隻白生生的手，輕輕一拂，將花瓣拂下去了。她抬起頭來望著夜華羞澀一笑，夜華沒說什麼，飲了杯酒。我的頭乍然痛起來。

四哥時常說我這狐狸腦子裡頭筋沒長全，做事情全隨心而性，所幸阿爹阿娘造化好，才教我沒吃多少大虧，但也很丟了些九尾白狐一族的臉。固然我覺得他丟臉丟得比我多過幾重山去了，但念著他比我大，我讓著他。

如今，我才覺得四哥說的話句句都是道理。我做事情著實隨心，又不大動腦子。譬如夜華最初同我表那個白，他說他喜歡我，他說著我便聽著，從沒想過四海八荒一眾的女神仙裡頭他怎麼就偏偏瞧上了我，即便後來我也瞧上了他，兩情相悅之時，也沒想過去問問他這件要緊事。若他果真是因著糰子娘才喜歡的我，我白淺和一個替身、和眼下這個與他斟酒的人偶又有什麼分別。雖也曉得同個死人計較顯得忒沒肚量，但情愛這個事，卻實實在在容不得人充大度體面。

心頭一把邪火半天澆不下去，我揉著額角，覺得是時候把同夜華的一些事攤出來仔細想想了。遂捏訣上雲頭，一路迷迷瞪瞪回了青丘。

當晚，我拿出結魄燈來，在夜明珠底下觀賞。這盞燈一直存在西海大皇子處助他養氣凝神，墨淵醒後被折顏取了回來，一直擱在青丘。在九重天上時，夜華沒問起，我便也忘了還。

夜明珠鋪開的一片白光底下，結魄燈燃起黃豆大一點燈苗，瞧著無甚稀奇。可誰曉得，這無甚稀奇的一盞燈裡頭，卻盤著一個凡人三百年的氣澤。

我越想心頭越沉，素錦說的話雖不可全信，卻還有天庭中的小仙娥奈奈的話參考。如今我得空來一樁樁一件件盤算過去，夜華他這三百多年來，確然是對糰子的親娘情深似海。他是個長情之人，這似海的一腔深情，磨了三百年都沒被磨成灰飛，怎麼一見著本上神，他就立刻移情別戀了？

我越想越覺得肝膽裡那把邪火燒得旺，連帶著肺腑之間攀過一道又一道委屈。我愛夜華是因著他這個人而愛他，譬如他同我的師父長得像，我也沒一刻將他當作墨淵過。若我也將他看作墨淵的替身，怕是每次見到他都要恭敬問安，半點褻瀆不得。

我既是這樣對他，自然希望他也這樣對我。倘若他是因我像糰子娘，而他對糰子娘相思不得，這才轉而求其次尋的我，那我白淺委實受不起他這個抬舉。

迷穀在外頭低聲道：「姑姑，需同妳抬些酒來嗎？」

我沉默應了。

迷穀抬來的酒全是些沒存得老熟的新酒，陽剛之氣尚未被泥土調和得陰柔，灌進口中，嗓子處便是一股燥辣之意，燒得我發昏的腦袋越加昏沉。大約迷穀他見我今日回來時有些神不守舍，便心領神會了，才特地挑出這些烈酒，一得令便搬進我房中。

我喝得眼前的結魄燈由一盞變成了十盞，自覺喝得差不多了，站起來跌跌撞撞去睡覺。朦朦朧朧卻睡不著，總覺得桌上有個東西亮亮的，刺得人眼睛慌，難怪總睡不著。我坐在床沿上瞇著眼睛去看，依稀是盞燈。哦，大約是那盞結、結什麼玩意兒的燈來著？

我想了半天沒想起來。

那燈明晃晃亮得人心頭發緊，我身子軟著爬不起來，便隔著七八步去吹桌上的燈，吹了半晌沒吹熄，想用術法將它弄熄，卻一時想不起熄燈的術法是哪一個。我暗嘆一聲倒霉，乾脆隨便捏了個訣朝那結什麼玩意兒的燈一比。哐噹一聲，那燈似乎碎了。也好，燈上的火苗總算熄了。

這麼一通折騰，天上地下全開始轉圈，我立刻倒在床上睡死過去。

這一睡，我睡了兩天，睡得想起了許多往事。

原來五百多年前，擎蒼破出東皇鐘，我費力將他重新鎖進去後，並沒同阿爹阿娘他們說的那般，在狐狸洞裡安詳地睡了兩百一十二年，而是被擎蒼種了封印，落在了東荒俊疾山上。

什麼素素什麼糰子娘什麼跳誅仙台的凡人，那根本統統都是彼時無能又無知的本上神老子我。

我還奇怪飛昇上神的這個劫怎的如此好歷，不過同擎蒼打了一架，短短睡了兩百一十二年，便在睡夢中位列上神了。三百年前從狐狸洞中醒過來，我目瞪口呆瞧著自己從銀光閃閃變成金光閃閃的元神，還以為是老天做給我一個人情，感激地覺得這個老天爺他是個仁慈的老天爺。

殊不知，同擎蒼打那一架不過是個引子，我飛昇上神歷的這個正經劫，卻是一個情劫。我賠進一顆真心不說，還賠了一雙眼睛。若不是擎蒼當初將我的仙元封印了，跳誅仙台時還得賠進去一身修為。老天辦事情半點不含糊，仁慈仁慈，他仁慈個鬼。

我總算明白過來夜華他在青丘時為何常做出一副欲言又止的模樣；明白過來凡界住客棧那夜，朦朦朧朧的一句「我既望著妳記起，又望著妳永不再記起」並不是我睡迷糊了幻聽，一切都有丁有卯，是夜華他當年冤枉了我，他覺得對不住我。

他怕是永不能曉得我當初為何要給糰子起名叫阿離，永不能曉得我為何要跳誅仙台。

舊事紛至沓來，三百年前那三年的痛卻像就痛在昨天，什麼大義什麼道理，什麼為了維護我這一介凡人的周全而不得不為的不得為之，此時我全不想管，也沒那個心思來管。我從這一場睡夢中醒來，只記得那三年，宿在一攬芳華中的一個個孤寂的夜，一點點被磨盡的卑微的希望。這情緒一面倒向我撲過來，我覺得無盡蒼涼傷感。那三年，本上神活得何其窩囊，何其悲情。

我覺得如今我這個心境，要在十月同夜華成親，有些難。我曉得自己仍愛他。三百年前我就被他迷得暈頭轉向，三百年後又被他迷得暈頭轉向，可見是場冤孽。愛他這個事我管不住自己的心，可想起三百年前的舊事，心中卻芥蒂難消。我不能原諒他。

迷轂打水送進來供我洗漱，看了我一會兒，道：「姑姑，可要我再去抬些酒來？」

我伸手抹了把臉，才發現滿手的水澤。

迷轂果然抬了酒進來。上一頓我喝了七八罈，以為將四哥存的全喝光了。迷轂卻還能抬進來這麼五六罈，可見他那幾間茅棚中私藏了不少。

我每喝便醉，醉了便睡，睡醒又喝，再醉再睡，單調過了三四日。第五日傍晚醒過來，迷轂在我房中坐著，斂眉順目道：「姑姑著緊身子些，窖中已無酒可搬了。」

迷穀多慮，我身子沒什麼可操心，終歸只是沒力氣些，沒像鳳九那般不中用，傷個情喝個小酒喝得差點將黃膽吐出來。且經過這一番歷練，大約酒量還能增進不少。

沒了烈酒的滋潤，我的靈台得以恢復半扇清明。這半扇清明裡頭，教我想起件無論如何也不能忘的大事。我那一雙長在素錦眼眶子裡頭的眼睛，須得尋個時日討回來。

那時我歷情劫，被素錦她趁火打劫奪了眼睛。如今我的劫既已經歷完了，那雙眼睛放在她眼眶子裡頭也終歸不大妥當，她自己想必養著我的眼睛也不自在。擇日不如撞日，我喚出崑崙扇來，對著鏡子略整了整妝容。唔，臉色看起來不大好。為了不丟青丘的面子，翻出一盒胭脂來仔細在臉上勻了勻。

我容光煥發地上得九重天，捏個訣輕易避過南天門的天兵天將，一路暢通無阻直達洗梧宮中素錦住的暢和殿。

典範她真會享福，正靠在一張貴妃榻上慢悠悠閉目養神。

我顯出身形來，方進殿的一個侍茶小仙娥驚得「呀」一聲叫喚。典範唰地睜開眼，見著是我，一愣，嘴上道：「上神駕到，素錦不勝惶恐。」翻身下榻的動作卻慢悠悠的，穩當當的，果然不勝惶恐。

我在一旁坐了。她拿捏出個大方的笑容來，道：「素錦揣摩上神聖意，大約是來問君上的近況。若說起君上來，」頓了一頓，將那十分大方的笑做得十二分大方，「凡世的那個素素，同君上處得很好，也將君上他照看得很好。」

笑意襯得她面上那雙眼睛盈盈流光，我撫著扇面做出個從容的模樣來，道：「如此這般，自然最好。夜華這廂託妳的照拂令我放了心，是以今日，我便想著也來關懷關懷妳。」

她疑惑地看我一眼。

我端莊一笑：「素錦，本上神的眼睛妳用了三百年，用得好不好？」

她猛一抬頭，臉上的血色由潤紅至桃粉，再由桃粉至慘白，瞬間換了三個色，有趣。她顫著嗓子道：「妳……妳方才說什麼？」

我展開扇子笑道：「三百年前本上神歷情劫，丟了雙眼睛在妳這裡，今日惦起這樁事，便特地過來取。妳看，是妳自己動手還是由本上神親自動手？」

她往後退了兩步，撞在身後貴妃榻的扶臂上，卻沒覺著似的，嘴唇哆嗦道：

「妳是……妳是素素？」

我不耐煩地攤開扇面：「到底是由妳親自剜還是本上神幫妳剜？」

她眼睛裡全無神采，手緊緊絞著衣袖，張了幾次口，卻一句完整的話也沒說出來。好半天，似哭似笑道：「那個女人，那個女人她明明只是個凡人，怎麼會是妳，她明明只是個凡人。」

我端過桌案上一杯熱氣騰騰的濃茶，奇道：「一個凡人怎麼？一個上神又怎麼？只因我三百年前化的是個凡人，窩囊了些，妳這個小神仙便能來奪我的眼睛，誆我跳誅仙台了嗎？」

她腿一軟，歪了下去。「我……我」地吞吞吐吐了半天沒道出個所以然來。

我挨過去將手撫上她的眼眶子，軟語道：「近日本上神人逢喜事，多喝了幾罈子酒，手有些抖，大約比妳自個兒動手痛些，妳多擔待。」

我手尚沒下去，她已驚恐尖叫。我隨手打出一道仙障，隔在暢和殿前，保準那些小童子小宮娥即便聽到她這個聲兒也過不來。

她瞳色散亂，兩隻手死死抓住我的手，道：「妳不能，妳不能……」

我好笑地拍了拍她的臉：「三百年前妳就愛扮柔弱，我時時見妳妳都分外柔弱，就不能讓本上神開開眼，看看妳不柔弱時是個什麼模樣嗎？夜華剜我的眼時說欠人的終歸要還，當初妳自己的眼睛是怎麼沒的，我們兩個心知肚明。我的眼睛是怎麼放到妳眼眶子裡去的，我們兩個也心知肚明。妳倒說說，我為什麼不能拿回自己的眼睛，難道我那一雙眼睛在妳眼眶子裡擱了三百年，就成妳自己的東西了？」

話畢，手上利索一動。她慘號了一聲。我靠近她耳畔：「三百年前那樁事，天君他悄悄辦了，今日這樁事，我便也悄悄辦了。當初妳欠我的共兩件，一件是眼睛，另一件是誅仙台。眼睛的債今日我便算妳償了。誅仙台的債，要嘛妳也正經從那台子上跳下去一回，要嘛妳跟天君說說，以妳這微薄的仙力去守若水之濱囚著擎蒼的東皇鐘，永生永世再不上天。」

她身子一抽一抽，想是痛得緊了。此種痛我也歷過，且彼時我是個凡人，自然比她還要痛些。她痛得氣都抽不過來，卻硬逼著蹦了三個字：「我……絕不……」

不錯，總算沒再同我扮柔弱，勉強硬氣了一回。我抬高她滿是血污的一張臉，笑了兩聲：「哦？那妳是想讓本上神親自去同天君說。但我這個人一向此時說一套，換個時辰說的又是另一套。若是我去同天君提說，就不曉得那時候說的還會不會是此時口中這一套了。」

手底下她的身體僵了僵，繼而痛苦地蜷成一團。我心中唸了句佛，善惡果報，天道輪迴。

畢方又出走了，四哥又去尋他了。十里桃林中，只得折顏一個。

當我將手上一雙血淋淋的眼睛遞給折顏時，他甚驚詫，對著日光端詳了半日，道：「這眼睛逾三百年竟還能尋得回來，是個奇事。」又道，「妳喝了我給的藥，如今卻又記起了那一段傷情的前塵過往，也是個奇事。」

這雙眼睛從一尊仙體上脫下來不能超過七七四十九日，否則只能作廢了。折顏覺得稀奇，大約他以為當初我那眼睛丟了便是丟了，沒想到卻安在了別人臉上，以至於今日將這眼睛要回來，還能重新安回我的眼眶子。

我勉強笑了笑。

他瞟了一眼我面上神色，心領神會我不願談論當初的過往，便只善解人意咳了兩聲，沒再多問。

折顏說他需花些時日來除這眼睛上的一些濁氣，除盡了再與我換眼。我欣然允之，順便從他後山中扛了幾缸子酒，騰上雲頭回了青丘。

如此又是幾日醉生夢死。我囑咐迷穀幫我留意著九重天上太子側妃的動向，且近日青丘閉谷，我誰也不見。

折顏釀的酒，其段數果然不知比迷穀私藏的高過幾重山，昨日竟醉得吐了膽汁，頭也疼得幾欲拿把劍沿著額角從左到右穿過去。但這麼挺好，一閉眼就天旋地轉的，再沒什麼空閒去想旁的事了。

迷穀勸我緩一緩，好歹閒個一兩日莫再酗酒，多加保重。

可此次與我以往傷情都十分不同，一日不醉便無法成眠。

我醉得狠了便什麼也不曉得，但醉得不狠時，隱約記得迷穀常來同我說說話。他說了許多話，大多是無關緊要之事。有兩樁我記得清楚些，一樁是九重天上我著他多留意的那位太子側妃不曉得受了什麼刺激，終於悟了，向天君呈了書，甘願脫出天族仙籍，到若水之濱一面修行一面守東皇鐘。天君感念其善德，准了。一樁是下凡世歷劫的太子夜華，本應喝了忘川水什麼都記不得的，卻篤信鬼神，窮其一生追尋青丘仙境，雖官至宰相然終身未娶，二十七歲鬱鬱病卒，遺言命家僕將屍首燒成一團灰，和著貼身戴的一個珠串合葬。

我不曉得迷轂說這樁事時我是不是灑了兩滴淚。若我當真灑了這麼兩滴淚，又是為什麼灑的呢？我喝得多了，腦子轉不快，想不大明白。

也不曉得過了幾日，迷轂急匆匆踏進狐狸洞，來傳話給我。說九重天上的太子殿下夜華君，已在青丘谷口等了七日，想要見我。

迷轂說他守著我這個做姑姑的下給他的令，不敢放任何人進來，即便是夜華他也不敢放進來。但七日已過，夜華沒有半分要走的跡象，他做不得主，只好進來通傳我，看看我的意思。

我幾天沒轉的腦子終於轉起來。

哦，夜華他在凡世時二十七歲便病卒了，兩把黃土一埋，自然要回歸正位。不曉得怎麼，心中突然一陣痛似一陣。我壓著心口順了桌腿軟下去，迷轂要來扶，我沒讓他扶。

靠著桌腿望了一會兒房樑。我想見見夜華。

我想問問他三百年前，果然是因素錦背叛他嫁給了天君，他傷情傷得狠了，才一狠之下娶了化作個凡人的我？

他可是真心愛上我？他在天宮冷落我的那三年，可是為了我好？他愛著我的時候，是不是還愛著素錦？倘若是愛著的，那愛有多深？若我不是被誆著跳下了誅仙台，他是不是就會心甘情願娶了素錦？他如今對我這樣深情的模樣，是否全因了心中三百年前的悔恨？

越想越不能繼續想下去。我用手捣住眼睛，水澤大片大片從指縫中漫出去。若他說是呢？他全部都說是呢？

我不曉得自己會不會動手殺了他。

迷穀在一旁擔憂道：「姑姑，是見，還是不見呢？」

我長吸一口氣，道：「不見。跟他說，讓他再不要到青丘來了。我明日便去找天君退婚。」

良久，迷穀回來，在一旁默了一會兒，道：「太子殿下他，臉色十分不好。他在谷口站的這七日，一步也沒挪過地方。」

我瞟了他一眼，灌了口酒，沒搭話。

他磨磨蹭蹭道：「太子殿下他託我帶句話給姑姑妳。他想問問妳，妳當初說，若他在凡界惹了桃花，便將他綁回青丘來鎖著。縱然他在凡界除開撿了個同妳做凡人時一般模樣的侍女回家，伺候他病中的母親外，半朵桃花也沒招惹過，妳當初許給他的這句話，卻還算不算數？」

我一個酒罈子摔出去，失聲道：「不算數，什麼鬼話統統不算數，滾，你讓他滾，我半點都不想看到他。」

我心中卻悲哀地曉得，自己不是不想見到他。只是心中梗著這一個結，不知道如何來見他。

第二日我並未上九重天去退婚，只覺得先姑且拖著吧，等哪日有心情再去。但短期內，怕是難得會有這個心情了。

第三日，第四日，第五日，迷穀說夜華他仍在谷口立著，沒挪一步地方。我同他說，若他再提起夜華這個名字，便將他打回原形再去當個萬兒八千年的迷穀樹，他才終於住了口。

我已不再怎麼喝酒。因自從曉得夜華在青丘外頭立著時，我喝酒每每越喝越清醒，越清醒越傷情，越傷情越不能入睡。

屋漏偏逢連夜雨，這個我精神頭忒不濟的當口，一日清晨醒來，卻感知到五百年前加諸在東皇鐘上封印擎蒼的那幾成仙力，有大波動。

心中突突跳了幾跳。果真多事之秋，近日的事多得前仆後繼，半點不辜負「最煩惱是秋時」這個名號。大約，前鬼君擎蒼他又一輪功德圓滿，要破出東皇鐘了。

我匆匆洗了把臉，著迷穀趕緊去十里桃林給折顏傳個話，讓他來幫我一把。五百年前擎蒼頭一回破出東皇鐘時，我勉強能攔住他將他重鎖回鐘裡。但一場架打得東皇鐘破損不少，我不得已只得耗五成修為將它補好。如今身上還剩的這些修為，籠統一算，蠻攻也罷，智取也罷，倘若還有幾分自知之明，便該曉得無論如何也戰不過他。

但擎蒼不是個善主，被關了這麼些年，保不準破鐘而出後狂性大發，要重啟這八荒神器之首滅噬諸天，將八荒四海並三千大千世界一應燒成慘白灰燼。

想到此處，方才睡夢中仍擾著我的風月煩惱事再不算什麼煩惱事。我撈了崑崙扇，閃身縱上雲頭，急急朝若水奔去。打算在折顏趕來之前，先勉力撐一撐，萬不能由著擎蒼將東皇鐘開啟了。

我早曉得會在谷口處遇到夜華。他一直在谷口等著，若我出青丘，勢必遇得到他。我閉了閉眼，假裝無動於衷從他身邊擦過，被他一手握住了袖子。他一張臉白得嚇人，神情憔悴且疲憊。

這個要緊工夫哪裡容得同他虛耗，我轉過頭一扇子斬斷被他拉著的那半管袖子。刺啦一聲，他愣了愣，喉嚨裡沙啞地滾出兩個字：「淺……淺。」

我沒搭理，轉身繼續朝若水奔。眼風裡虛虛一瞟，他亦騰了雲，在後頭跟著。

多年以後，我常常想，那時候，那時候哪怕我就同他說上一句好話呢，哪怕就一句呢。可我只是冷冷瞟了他一眼，我一句話都沒有說。

若水下視茫茫，一派滔天白浪，上空壓著沉沉的黑雲，高塔似的一座東皇鐘矗在若水之濱，搖晃間帶得一方土地轟隆鼓動。本應守著東皇鐘的素錦不見蹤影，估計見著這陣仗心中害怕，找個地方躲了。

半空的雲層中見得若水之野土地神的半顆腦袋，五百年前我同這土地有過一面之緣。他在雲縫中甚擔憂望著躁動的東皇鐘，轉頭一瞟，見著我同夜華，趕緊拜上來惶恐道：「姑姑仙駕，若水神君已去天上搬救兵了，令小仙在此候著。此次擎蒼的這股怒氣尤其不同，若水下的神君府都震了幾震，小仙的土地廟也……」他自絮絮說著，忽地鐘身閃過巨大白光，白光中隱隱現出一個人影來。

我暗道不好，正欲衝下雲頭，身形卻忽地一滯。

夜華他在背後使了個絆子，趁我不留神給我下了定身咒，且電光石火間還祭出個法器來捆住了我雙腳雙手。我動彈不得，眼看著擎蒼快要從鐘裡出來了，急聲道：「你放開我。」

他沒搭理，將我一把推給若水土地，輕飄飄道了句：「照看好她，無論發生什麼也別讓她從雲頭上跌下來。」話畢左手一翻，現出一柄寒光凜凜的寶劍。

我眼見他持著這柄寶劍，迎風按下雲頭，直逼東皇鐘帶出的那片銀光，只覺得天都塌了。張了幾次口，全說不出話來，凌凌冷風掃得我一雙眼生疼。夜華逼近那片銀光之時，我聽得自己絕望道：「土地，你放開我，你想個法子放開我，夜華他這是送死，他身上的那點修為，這是在送死啊！」

土地喃喃回應了些什麼，大約是說這法器自有竅門，他解不開，這定身咒也定得古怪，他仍解不開。

求人不得只能自救，我凝氣欲將元神從體中提出，卻不想那法器不只鎖神仙的肉身，也鎖元神，我這一番拚死的掙扎全是無用。淚眼矇矓中東皇鐘鐘身四周的銀光已漸漸散去，夜華同擎蒼鬥法帶出的電閃雷鳴直達上天。土地在我們身旁做出一個小小的仙障來，以防我被這些戾氣傷著。

夜華他用來綁我的這個法器是個厲害法器，我大汗淋漓衝破了定身咒，卻怎麼也掙脫不開這個法器。

天昏地暗間，土地在我耳旁道：「姑姑，此處仍有些危險，小仙這仙障也不知能撐住幾時，要不挪挪地方吧。」

我聽得自己的聲音飄忽道：「你走吧，我在這裡陪著夜華。」

我此時雖被捆著，是個廢物，於夜華他沒有一絲用處，即便如此，我也想陪著他，看著他。

我從未見過夜華拿劍的模樣，沒想到他拿劍是這個模樣。

傳聞夜華的劍術了得，他手中劍名青冥，那些仰慕他的小神仙稱「青冥既出，九州失色」。我初聽得這個說法，覺得大約是他們小一輩的浮誇。今日見著青冥劍翻飛繚繞的劍花，九州失色誠然有些浮誇，但那光華卻著實令人眼花繚亂，一動一靜之間帶出的雷霆之氣，將我的眼晃得一陣狠似一陣。

他二人打得難分難解，我站得太高，不大能留意誰占了上風。但我曉得夜華他定然撐不了多久，我只盼著他能撐到折顏來，哪怕撐得他爺爺派的一干不中用的天兵天將來也好。

若水之濱飛沙走石，黃土漫天。忽聽得擎蒼長笑三聲，笑畢長咳了一陣，緩緩道：「今日敗給你，我不服。若不是五百年前的大傷尚未養好，今日出鐘又折了許多力氣，我絕無可能敗給你這黃毛小兒。」

那一派濃濃的煙塵漸散開，夜華以劍支地，單膝半跪在地上，道：「終究你是敗了。」

我懸著的一顆心總算放了下去，顫抖著與土地道：「下方沒什麼了，你快將我放到地上去……」

土地手忙腳亂解仙障之時，東皇鐘爆出一片血色紅光。我靈台中半分清明不剩，擎蒼不是敗了嗎？他既敗了，那東皇鐘緣何還能開啟？

夜華亦猛抬頭，沉聲道：「你在這鐘上動了什麼手腳？」

擎蒼躺在塵土之上，微弱道：「你想曉得，為何我動也沒動東皇鐘，它卻仍能開啟？哈哈，我不過用了七萬年的時間，費了一番心思，將我的命同它連在一起罷了。若我死了，這東皇鐘便會自發開啟，看來我是要死了，不曉得與我陪葬的，是小子你，還是八荒的眾仙……」

他話尚未說完，我眼睜睜見著夜華撲進那一團紅蓮業火。

是誰撕心裂肺的一聲尖叫：「不！」

不，不能？抑或是不要、不許？東皇鐘開啟了又怎麼？八荒眾神都被焚盡又怎麼？終歸我們兩個是在一處的，燒成灰也是堆成一堆的灰，你怎麼，你怎麼能丟下我一個人？

夜華他撲進東皇鐘燃出的紅蓮業火時，鎖住我手腳的那一件法器忽然鬆了。是啊，若法器的主人修為散盡了，這法器自然再捆不住人了。

紅蓮的業火將半邊天際灼得血紅，若水之濱一派鬼氣深深，我拚出全身修為祭出崑崙扇朝東皇鐘撞去，鐘體晃了一晃。在那紅光之中，我尋不見夜華的身影。

彷若從地底傳來的惡鬼噬魂聲，那聲音漸漸匯集，像是千軍萬馬揚蹄而來，「哐……」，東皇鐘的悲鳴。

紅光閃了幾閃，滅了。一個黑色的身影從東皇鐘頂跌落下來。

我踉蹌過去接住他。退了兩退，跌在地上。他一張慘白的臉，嘴角溢出絲絲的血痕，靠在我的臂彎中，眼中深沉的黑。一身玄色的長袍已被鮮血浸得透濕，卻因著那顏色，並看不出他渾身是血。

折顏說：「我一向覺得夜華總穿玄色十分奇怪，那次同他喝酒時便問了一問，我本以為他是極喜歡這個顏色的，他端著酒杯半天，卻同我開玩笑道，這個顏色不大好看，但很實用，譬如你哪天被人砍了一刀，血浸出來，也看不出那是一攤血，只以為你撞翻了水罐子，將水灑在身上了。看不出來你受傷，你著緊的人自然便不會憂心了，你的仇人自然也不能因砍到了你而痛快了。」折顏告訴我這番話的時候，我也欣慰夜華這悶葫蘆終於學會說玩笑話了。可到今日我才知道，他說的全是正經的。

三百年前，當我化成懵懂無知的素素時，自以為愛他愛得深入骨髓；待我失了記憶，只是青丘的白淺，當他自發貼上來說愛我，漸漸地令我對他也情動時，也以為這便是愛得真心了。

我不能原諒他當年不分青紅皂白剜了我的眼睛，逼得我跳下了誅仙台；不能原諒如今他口口聲聲說愛我，不過是因著他當年欠了我的債，覺得愧疚；不能原諒他自始至終，從不懂我。說到底，我白淺活了這麼一大把年紀，到頭來，在「情」之一字上，卻自私得毫無道理，半點沙子也容不得。可我前世今生接連兩次栽到他的身上，兩回深深動情都是因的他，如今想來，我也未必曾懂得他。

譬如他為什麼總穿這一身玄袍。原來不是因為喜歡這個顏色，原來是為了不教著緊的人憂心，不在仇人跟前示弱。我忘了，他一向是個打落牙齒和血吞的。

七萬年前，墨淵用元神生祭東皇鐘時，口中吐的血，比他現在嘴角溢出的這幾絲血痕，豈止多了百倍。他的修為遠比不上那時的墨淵，那本應吐出的百倍的血，哪裡去了？

我低下頭猛地咬住他的嘴唇，全顧不得他身體那微微的一震，只管用舌頭頂開他的齒關，用力探進他口中，能感到一股腥熱的東西沿著我同他兩口膠合的縫隙蜿蜒淌下，他一雙眼睛黑得越發深沉。

的，不過那幾夜。

我同夜華，在我是白淺的這一世裡，相愛不過九重天上的個把月，最親密

他一把推開我，咳得十分厲害，大口大口咳出的血刺得我的眼睛狠狠花了一花。推我那一把想是已使盡了他最後的力，他就那麼歪在地上，胸膛不停地起伏，卻動彈不得。

我爬過去將他重新抱住：「你又打算把它們全吞到肚子裡？你現在才多大的年紀，即便軟弱些，我也沒什麼可失望的。」

他好不容易平復了咳嗽，想抬起手來，卻終歸沒抬上來，明明連說話都吃力，卻還是裝得一副從容樣子，淡淡道：「我沒什麼，這樣的傷，並不礙事。妳，妳別哭。」

我兩隻手都抱著他，沒法騰出手來抹臉，只瞧著他的眼睛：「用元神祭了東皇鐘的，除了墨淵，我還沒見到有誰逃過了灰飛煙滅的命運，便是墨淵，也足足睡了七萬年。夜華，你騙不了我的，你要死了，對不對？」

他身子一僵，閉上眼睛，道：「我聽說墨淵醒了，妳同墨淵好好在一起，他會照顧好妳，會比我做得更好，我很放心。妳忘了我吧。」

我愣愣地望著他。

那一剎那彷如亙古一般綿長，他猛地睜眼，喘著氣道：「我死也不可能說出那樣的話，我一生只愛妳一個人，淺淺，妳永遠不能忘了我，若妳膽敢忘了我，若妳膽敢……」聲音卻慢慢沉了下去，復又低低響起，「我又能怎樣呢？」

我靠近他耳邊道：「你不能死，夜華，你再撐一撐，我帶你去找墨淵，他會有辦法的。」他的身子卻慢慢沉了下去。

我靠近他的耳邊大吼：「你若敢死，我立刻去找折顏要藥水，把你忘得乾乾淨淨，一點也不剩。我會和墨淵、折顏還有四哥一起，過得很好很好，永遠也不會再想起你。」

他的身子一顫，半晌，扯出一個笑來，他說：「那樣也好。」

他在這世上，留給我的最後一句話是——那樣也好。

第二十三章　三生三世

我坐在凡世一座樓子裡聽戲。夜華他離我而去已三年整。

三年前，若水一戰，擎蒼身死，夜華以元神祭東皇鐘，魂飛魄散。玉清崑崙扇承了我半生仙力，向東皇鐘那重重一撞，引得東皇鐘悲鳴七日。

折顏說，他趕到時，夜華已氣絕多時，我渾身是血，披頭散髮抱他坐在東皇鐘底下，身周築起一道厚厚的仙障，誰也靠近不得。東皇鐘七日悲鳴，引得八荒眾神齊聚若水。天君派了座下十四個仙伯來取夜華遺體，十四個仙伯在外頭祭出鳴雷閃電連劈了七天七夜，也沒將那道仙障劈出個縫來。

折顏道，我以為妳要抱著夜華在若水之濱坐上一輩子，幸虧東皇鐘鐘聲傳得遠，擾了墨淵的清修，第八日上頭，將墨淵引來了。

他說的那些我全記不得。那時，我只覺得夜華他死了，我便也死了。其實抱著他在若水之濱坐上一輩子也不錯。縱然他再也不能睜開眼睛，再也不能勾起嘴角淡淡地笑，再也不能靠在我耳旁沉沉喚我的名字，再也不能……可至少我能看著他的臉，我曉得他在我身旁。

折顏說墨淵是在第八日上頭趕來的。他什麼時候來的我不清楚，朦朧中大約有個印象，那時我坐在東皇鐘底下腦中空空，前塵後事全不曉得，恍一睜眼卻見著墨淵他立在仙障之外，皺眉瞧著我。

我一顆乾成枯葉的心稍有些知覺，才反應過來自己仍活著，夜華生祭了元神散了魂魄，夜華他死了。我見著墨淵他就在近處，覺得墨淵他大約能有辦法救一救夜華，他當年也是歷了東皇鐘這個劫的，最後仍回來了。我覺得只要能救得了夜華，只要能讓他再開口叫我一聲淺淺，莫說七萬年，七十萬年我也能等得心甘。

我撤了仙障，本想抱著夜華跪到墨淵身邊求他救一救，真要起來時卻全身無力。墨淵急走兩步過來，檢視了半日，嘆了口氣沉重道：「置一副棺木，讓夜華他走得好些吧。」

墨淵重回了崑崙墟，我將夜華帶回了青丘，十四個仙伯亦步亦趨跟著。我覺得夜華他是我的，我不能交給任何人。一串仙伯在谷口候了半月，無功而返，回九重天同天君覆命。

第二日，夜華他的爹娘便駕臨了青丘。

他那面上溫婉又乖順的親娘氣得渾身發抖，濕透的繡帕一面揩拭眼角一面道：「我今日始知妳原來就是當年那個凡人素素，我兒夜華卻是造了什麼孽，前後兩次都栽在妳身上。妳做素素時他巴心巴肝為妳，為了妳甚而打算放棄太子位。妳同昭仁公主之間的債，天君當年判妳還她的眼睛，判妳產下阿離後受三月雷劈之刑，妳不過失了一雙眼睛罷了，我兒卻也代妳受了雷刑，妳便要死要活地去跳誅仙台。好，妳跳了，我兒夜華他也隨著妳跳了。這是妳飛昇上神的一個劫，夜華他呢，誅仙台那一跳，整整睡了六十多年。如今三百年後，又因著妳，因著妳灰飛煙滅。我兒他，他這一生自遇見妳便沒一時快活。他為妳做了這麼多，妳又為他做了什麼？妳什麼也沒做，卻心安理得霸著他。如今他已死了，妳連他的屍首也要霸著嗎？我只問妳，我只問妳一句，妳憑什麼？」

我嗓子發澀，往後踉蹌了兩步，迷穀一把扶住我。

夜華他爹在一旁道：「夠了。」又轉身與我道，「小兒誅殺鬼君擎蒼，以元神阻擋東皇鐘滅噬諸天，乃是為天地大道而死，天君已有封彰。樂胥之言皆為婦人之見，上神不必放在心上。然小兒的屍首，上神確該歸還。上神雖與小兒有過一紙婚約，終未大婚，占著小兒的屍首，於情於理，有些不合。小兒生前位列天族太子，天庭有不可廢的方圓規矩，小兒此種，理當葬在第三十六天的無妄海中，還請上神成全則個。」

夜華被帶回九重天那日，是個陰天，略有小風。

我親遍了他的眉毛眼睛臉頰鼻樑，移向他的嘴唇時，心中存了極荒唐卑微的念頭，希望他能醒來，能抵著我的額頭告訴我：「我不過同妳開個玩笑。」可終歸是我的癡念妄想。

夜華被他爹娘放進一副冰棺裡頭，當著我的面，抬出了青丘。我只留下了他一套染血的玄袍。

此前折顏送了棵桃樹給我，我將它栽到了狐狸洞口，日日澆水添肥，不日這桃樹便長得枝枝杈杈。桃樹開出第一朵花那日，我將夜華留下的玄袍收斂入棺，埋在這桃樹底下，做了個衣冠塚，不曉得待這棵桃樹繁花滿枝時，它會是個什麼模樣。

迷穀說：「姑姑，妳還記得妳有個兒子嗎？要將小殿下接回青丘嗎？」

我搖了搖手。我自然記得我有個兒子，我給他起名叫阿離。但眼下我連自己都不大有工夫照顧，更遑論阿離。他在天上會被照顧得很好。

夜華被他爹娘帶走後，我在桃樹下枯坐了半月，整日裡渾渾噩噩，眼前常出現他的幻影。皆是一身玄袍，頭髮柔柔散下來，髮尾處拿根帛帶綁了。或靠在我膝頭翻書，或坐在我對面擺一張几作畫，水君布雨時，還會將我揉在懷中，幫我遮雨。枯坐在桃樹下的這半月，我覺得夜華他時時伴著我，我很滿足。

我覺得心滿意足，折顏、四哥連帶迷穀、畢方四個卻彷彿並不那麼心滿意足。第十六日夜裡，四哥終於忍無可忍將我提進了狐狸洞，放到水鏡跟前一照，斂著怒氣道：「妳看看妳都成了個什麼樣子，夜華死了妳就活不下去了嗎？」

四哥說得不錯，我覺得我是活不下去了。可我不曉得是不是我灰飛煙滅了，就一定能找到夜華。灰飛煙滅這檔事，總覺得大約是什麼都不剩，一概回歸塵土了。倘若我灰飛煙滅了，說不定就記不得夜華了，那還是不要灰飛煙滅得好，如今我還能時時看到他在我跟前對著我笑，這樣挺好。

水鏡裡頭的女神仙面色慘白，形容憔悴，雙眼縛著厚厚的白綾，那白綾上還沾了幾片枯葉。這個白綾長得同我日常縛的那一條不大一樣。腦子慢吞吞轉一圈。哦，月前折顏將我捉去換了眼，這個白綾是他製的上了藥水的白綾，是以同阿爹為我做的不一樣些。

四哥嘆了口氣，沉重道：「醒醒吧，妳也活到這麼大歲數了，生離死別的，還看不開嗎？」

也不是看不開，只是不曉得該怎麼去看開。如果我曉得該怎麼做，興許就能看得開了。那夜喝醉打碎結魄燈，令我想起三百年前那樁往事時，不曉得怎麼，全記不得夜華的好，排在眼前的全是他的不好。如今，夜華去後，卻全想不起他的不好，腦中一日日閃的，全是他的好。我從前罵離鏡罵得振振有詞，說他這一生都在追求未得到的東西，一旦占有便再不會珍惜。我何嘗不是如此？

長河月圓，夜深人寂。無事可做，只能睡覺。

我原本沒想著能夢到夜華，這個夢裡，我卻夢到了他。

他靠在一張書案後頭批閱公文，半晌，將一干文書歸在一旁，微蹙眉喝了口茶，茶杯擱下時抬頭盈盈笑道：「淺淺，過來，跟我說說昨日又看了什麼戲文話本。」

我沉在這個夢裡不願醒來。這真是老天爺賜的恩德。我枯坐在桃樹下時，那些幻影從不曾同我說話，夢中的這個夜華，卻同活著時沒兩樣，不僅能同我散散步下下棋，還能同我說說話。

自此之後，我日日都能夢到他。我覺得睡覺真是個好活動。

其實換個角度來想一想，也就釋然了。他們凡界有個莊周夢蝶的典故，說一個叫莊周的凡人作夢變作了隻蝴蝶，翩翩起舞十分快樂。片刻後醒過來，卻發現自己仍是凡人莊周。不曉得是莊周發夢變作蝴蝶，還是蝴蝶發夢變作了莊周。從前我實實在在地過日子，把夢境當作空幻。如今這樣令我十分痛苦。那不如掉個個兒，把夢境當作真的來過日子，把現實全當作空幻。人生依然一樣沒差，不過換種過日子的方法而已，卻能令我快樂滿足。這也是一種看開吧。

折顏同四哥見我氣色漸好，只是日漸嗜睡而已，便不再常看著我，大約他們已多多少少放下了心。

九重天沒傳來立新太子的消息，只聽說昭仁公主素錦被永除仙籍了。因東皇鐘異動時，她身為守鐘仙娥，卻未能恪盡職守，及時上報天庭。她身在其職卻不能行其責，間接害得太子夜華與擎蒼一戰孤立無援，終以自身元神生祭東皇鐘，魂飛魄散。天君痛失長孫，震怒非常，當即將她貶下了九重天，列入六道輪迴，要經百世情劫。

我覺得天君對素錦這一罰罰得有些過了，大約是遷怒。但這些事終與我無干，便也只是當個閒聞來聽聽。

調個角兒來走這條人生路，我走得很好。在這個人生裡頭，我相信夜華是活著的。

當初做給他的那個衣冠塚成了我最不願見到的東西。因它時時提醒我，這一切都是妳虛構出來的，夜華死了，他死了。我覺得那個地方是個極恐怖的地方，又狠不下心差迷轂將那衣冠塚掀了，便在狐狸洞中另開了一個洞口。

四哥得空時常帶我去凡界逛一逛，聊以遣我的懷，順便遣他的懷。遊山時他會說：「妳看這高聳入雲的大山，站在山頂一看，這世間一切渺小至斯，不會令妳心胸瞬時博大起來嗎？不會令妳覺得小兒女情傷不過是天邊的浮雲，一揮手便可抹去嗎？」游水時他會說：「妳看這飛流直下的瀑布，奔騰入河川，不捨晝夜，且從不回頭。妳看了這個瀑布，不會覺得人生亦是如此，不能回頭，總是要向前看的嗎？」遊集市時他會說：「妳看這螻蟻一般的凡人，能在世上走的不過數十載春秋，且還受司命排的種種命格所困，種田的大多一生窮苦，讀書的大多志不能展，養在深閨的好女兒大多嫁個王八丈夫，可他們仍歡歡喜喜地過著。妳看了這些凡人，不會覺得自個兒比他們好上太多了嗎？」

初初我還聽著，後來他說上了癮，每回都要這麼說一說，我嫌棄他囉嗦，再去凡界便只一個人了。

夜華去後第三年的九月初三，我在凡界聽戲，遇見方壺仙山上一個叫織越的小神仙。在凡界聽戲須得照著凡界的本子來，覺得角兒唱得好便捧個錢場，喝彩時投幾枚賞錢到戲台上，也算不辜負了戲子們一番慇懃。

織越小仙大約頭一回到凡界看戲，見紅木雕欄後頭一干看戲的扔銀錢扔得熱鬧，眼紅也想扔，卻兩袖空空的挺寒酸。她一眼看破我的仙身，喜孜孜自報了家門，找我借些打賞銀錢。我雖有些奇怪她一個小神仙自當習得變化之術，變一兩個銀錢出來理當是樁小事，還是借了幾顆夜明珠給她。後來才曉得她爹娘怕她下界治遊惹禍端，將她的仙力封了。

原本不過是個點頭之緣，此後我去凡界看戲卻回回都能遇上她，這點頭之緣便硬生生被掰成了個長久緣分。織越生得喜辣活潑，又不纏著我打聽我是誰家住哪裡芳齡幾何，我覺得難得。再則聽戲時能有個人說說話，又不是四哥「妳看這跌宕起伏的戲文……」這種說話，也挺不錯。

這麼一來二去的與她同聽了十多場戲，算算日子，大約已兩月有餘。今日，我又坐在這樓中聽戲，戲台上挺應景地唱了一齣《牡丹亭》。正是十月初五，宜婚嫁出行，忌刀兵，三年前今日此時，夜華他離我而去。我灌了一口酒，看戲台子上的青衣將水袖舞得洋洋灑灑。這一段戲文直唱到「則為你如花美眷，似水流年，是答兒閒尋遍，在幽閨自憐」，織越小仙才姍姍來遲，腆著臉在我身旁占了個位置坐下了。

戲看到一半，她掩著嘴角湊過來偷偷摸摸道：「我那個天縱奇才卻英年早逝的遠房表哥，妳還記得嗎？」

我點頭表示記得。

織越小仙除了常同我說戲，額外也常說起她這個遠房表哥。按她的說法，她這個表哥英明神武，乃是個不世之才，只可惜命薄了些，年紀輕輕便戰死沙場，徒留一雙悲得半死的老父母加個正日啼哭不止的柔弱小兒，可憐可憐。她每每嘆出「可憐」二字，臉上便果然一副悲天憫人之態。我卻並不覺得她表哥一家多麼可憐，大約近來已將生死看開。

織越執起茶壺倒了杯冷茶，潤了潤嗓子，左右瞧了瞧，再掩著嘴角湊過來：

「我那個表哥，我不是告訴過妳他死了三年嗎？三年前，合族都以為他只剩個遺體，元神早灰飛煙滅了。他們做了副玄晶冰棺將他沉在一個海裡，我當初還去瞧過的。昨兒那靜了幾十萬年的海卻突然鬧起來，海水嗖嗖朝上躥，掀起十丈浪高，竟將那副玄晶冰棺托了起來。他們說將海水攪得騰起來的正是繚繞在冰棺四周的仙澤。妳說怪不怪，我表哥他元神都灰飛煙滅了，卻還能有這麼強大的仙澤護著。合族的人沒一個曉得怎麼回事，我們幾個小一輩的被趕出來時，族長正派了底下的小仙去請我們族中一個尊神。我爹娘說，指不定表哥他根本沒死。唉，倘若他沒死，小阿離便不用整日再哭哭啼啼了。」

四周剎那靜寂無聲，手中酒杯「啪」一聲掉在地上，我聽得自己乾乾道：「那海可是無妄海？妳表哥……妳表哥他可是太子夜華？他可是九重天天君的長孫太子夜華？」

織越打著結巴呆呆道：「妳，妳如何曉得？」

我跌跌撞撞衝出茶樓，衝到街面上才想起上九重天須得騰雲駕霧。跌跌撞撞爬上雲頭，眼風不意掃到下面跪了一地的凡人，才又想起我是在集市上召的祥雲駕的紫霧。

騰雲上得半空中，天高地遠，下視茫茫，我腦子裡一片空白，無論如何也想不起去南天門的路。心中越是急切腦中越是空茫，我踩著雲頭在天上兜轉了幾個來回，不曉得該怎麼辦才好。

不意腳上一滑，險些就要栽下雲頭，幸好被一雙手臂穩穩扶住。

墨淵的聲音在後頭響起：「妳怎的這般不小心，駕個雲也能跌下去？」

我轉過身緊緊扣住他的手腕，急切道：「夜華呢？師父，夜華呢？」

他皺了皺眉，道：「先把眼淚擦了，我正要找妳說這樁事。」

墨淵說，父神當年用一半的神力做成仙胎供夜華投生，他投生後，這神力便一直隨著他，藏在他神識中。三年前他不曉得夜華還砍了瀛洲的四頭凶獸得了父神的另一半神力，才以為他已沒救了。想必夜華是以父神的全部神力抵了東皇鐘的滅天之力，元神被這兩份力衝得損傷了些，便自發陷入了一輪沉睡，卻教所有人都以為他是魂飛魄散灰飛煙滅了。連夜華他自己，怕也是這麼想的。

墨淵說，他這一輪沉睡本應睡上個幾十年，可玄晶冰棺是個好器物，無妄海雖是沉天族遺體的，其實卻是個休養聖地，才教夜華只三年便能醒來，實在歪打正著。

他說的這些話我大多沒聽見，只真切地聽他說：「小十七，夜華回來了，他剛落地便奔去青丘找妳，妳也快回去吧。」

我從沒想過夜華他竟能活著。雖默默祈祝了萬萬千千回，但我心中其實明白，那全是奢望。夜華他三年前便灰飛煙滅了，狐狸洞前的桃樹下，還埋著他臨死穿的那身衣袍，他死了。他臨死前讓我忘了他，讓我逍遙自在地生活。可，可墨淵說夜華他醒過來了，他沒有死，他一直活著。

我一路騰雲回青丘，不留神從雲頭上跌下來四回。過了谷口，乾脆棄了雲頭落地，踉踉蹌蹌朝狐狸洞奔。路旁遇到一些小仙同我打招呼，我也全不曉得，只是手腳不由自主地發抖，怕見不到夜華，怕墨淵說的都是糊弄人的。

狐狸洞出現在眼底時，我放緩了步子。很久不從正門走，不留神洞旁三年前種下的桃樹已開得十分繁華。青的山，綠的樹，碧色的潭水，三年來，我頭一回看清了青丘的色彩。

日光透過雲層照下來，青山碧水中的一樹桃花，猶如九天之上長明不滅的璀璨煙霞。

那一樹煙霞底下立著的黑袍青年，正微微探身，修長手指輕撫跟前立著的墓碑。

就像是一個夢境。

我屏著呼吸往前挪了兩步，生怕動作一大，眼前的情景便一概不在了。

他轉過頭來，風拂過，樹上的煙霞起伏成一波紅色的海浪。他微微一笑，仍是初見的模樣，如畫的眉眼，漆黑的髮。紅色的海浪中飄下幾朵花瓣，天地間再沒有其他的色彩，也沒有其他的聲音了。

他伸手輕聲道：「淺淺，過來。」

番外

壹：一生劫

那一年，千頃瑤池，芙蕖灼灼。他摯愛的女子，當著他的面，決絕地，跳下了九重疊土的誅仙台。

他的娘親難產，他出生時，整整陣痛了七天。天上的靈胎，從沒哪個像他一樣磨人的。至他呱呱墜地，三十六天一剎那齊放金光，東荒鍪明俊疾山上的七十二隻五彩鳥直衝上天來，繞著他娘親住的寢殿，飛舞了九九八十一天。

上一回乍現這樣的情狀，還是他的二叔桑籍降生。那時，繞著天后娘娘寢殿飛舞的，也不過四九三十六隻五彩鳥。

天君歡喜得老淚縱橫，在凌霄殿上當著眾臣的面，揖起雙手朝東方拜道：「無量善德，我天族終於迎來又一位儲君。」是被上天選定的儲君。

被上天選定的儲君，按照天君的意願生活著，從未辜負過天君的期望，也不能辜負天君的期望。

那時三界平和，天上的神仙們日子過得都很逍遙。

九歲的他扒拉著門檻靠在他父君的靈越宮宮門口朝下看，常能見到頭上紮兩個圓包包的小仙童們，三個一團兩個一堆地捉迷藏、逗蛐蛐兒。他很羨慕。

小孩子天性愛玩鬧，他卻幾乎從未和人玩耍過。

天君從靈寶天尊座下請來四海八荒唯一佛道雙修的慈航真人授他課業。每日裡，自辰時被抱上書房那張金鑲玉砌的大椅子，一坐，便須坐七個時辰，直到萬家燈火的戌時末。

他那個年紀，本應是被捧在手心裡呵護的年紀。他的幾個叔叔，都是被捧在手心裡過來的。即便他的父君，也從不曾受過這樣的苦。

他那樣小，當與他同齡，甚或比他大些的仙童都在樂悠悠地逍遙度日時，他卻只能日日守在書房裡，對著慈航真人嚴肅的臉和一大堆典籍經冊。只他的娘親還憐惜他，時時燉一些甜湯來給他喝，到書房來見一見他。他那時才九歲，路都走不大穩，那些道法佛法太難參釋，他當著他娘親的面流過一次淚，他娘親心中不忍，跑去天君殿上求情，天君勃然大怒，自此之後，直到他兩萬歲上修成上仙，再也沒見過他的娘親。

有一回，西天梵境佛祖辦法會，慈航真人需趕去赴會，沒人守著他功課。他偷偷溜出去同太上老君座下兩位養珍獸的童子逗了會兒老君養的那頭珍獸，被他父君捉回去，請出大棍子來毒打了一頓。那時，他父君說的是：「你怎的如此不上進，你將來是要繼天君的位，比不得一般人。你的二叔桑籍落地時，不過三十六隻五彩鳥繞樑，他便能在三萬歲就修成上仙。你好生想想，壑明俊疾山上七十二隻五彩鳥慶你降生，你若不能在三萬歲修成上仙，怎對得起那七十二隻鳥千里迢迢趕上九重天上的恩情？」

那時，他父君將他看得那樣緊，不過為了心中一個齷齪的念想，想讓自己的兒子比過桑籍，卻欺他年幼，說出這樣一番冠冕堂皇的理由。他心中懵懵懂懂，卻也沒想得太多，只覺得委屈。

這事之後，他身邊便多了一個叫素錦的小仙娥。他父君說是選給他的玩伴，他年紀小歸小，卻也曉得，像自己這樣不分晝夜勤修佛法道法，根本沒什麼空餘時候來同玩伴玩耍的。他父君不過找個人來看管監視他。

若是尋常的小仙娥，他自然有辦法將對方整得叫天不應叫地不靈。總歸他是天族未來的儲君，即便將對方一巴掌拍得魂歸離恨天了，天君不過重重將他罰一罰，罰完了，他仍是天君的孫子，天族的儲君。可這位素錦小仙娥，卻有些來歷。

天族有一個旁支，不過五千餘人，因尚武而不拘男女全做了天兵天將，自編成一支天軍，直屬於天族的首領。素錦的父親便是這個旁支的頭兒，順理成章做了這支天軍的頭兒。兩萬年前鬼族之亂，上一代老天君欽點了十萬天將與戰神墨淵，令他將鬼族降服。素錦的父親帶的這一支軍隊，也在這十萬天將之列。

同鬼族的這一仗，打得十分慘烈。鬼族的二皇子妃竊了天將的陣法圖，逼得墨淵不得不勉力急攻。那場急攻中，使的聲東擊西的一個計策，須得派出一支天兵做誘餌。素錦的父親主動請纓。墨淵將列陣嚴謹的七萬多鬼將打出一個缺口，素錦父親帶的這支軍隊，以五千人頭，鋪陳了墨淵的所向披靡、勢如破竹。

鬼族之亂平息後，餘下的九萬天將重返九重天，只帶回素錦父親一封染血的遺書，寥寥幾個字，紅一塊黑一塊，勞煩老天君照看自己府裡尚在襁褓中的幼兒，即便合族只剩下她一個人了，也要讓她頂天立地活著，重振自己一族的聲威。

老天君感念素錦她爹的恩德，賞與他們一族的殷榮，卻因這一族只剩素錦一個，便全落到了她的身上。更於皓德六萬三千零八十三年，將素錦封作了昭仁公主，託給那時剛成婚的長孫，這一代天君的長子——他的父親撫養。

素錦不過長了他兩萬歲，按輩分，他卻要喚她一聲姑奶奶。

開初素錦立在他的案頭，還讓他有些不自在。漸漸地，他便能將她看作同桌案上的筆墨紙硯一般無二了。原本他便不大活潑，素錦的到來，令他更加沉默。他那時已長成一個十分漂亮的小孩，只是總不大說話。素錦不過兩萬來歲，也是少年心性，趁著慈航真人令他養神的時候，便總要來逗他說一說話。他覺得厭煩，逢著素錦找他說話，便皺一皺眉。至此，又養成一個愛挑眉皺眉的習慣。

他的授業恩師慈航真人在西方梵境本還有個封號，喚作大慈大悲救苦救難觀世音。救苦救難的慈航真人以為正是自己將這樣一個水嫩嫩的小孩折騰得如今這麼不言不語的，心中內疚。便去天君座前委婉提了一提，說他的道法佛法已學得很有幾分根底，可以走出書齋，修習神仙們的術法了。

那幾十年，他日日在書齋修習。慈航真人教授得法，除了最初的幾年，因他年紀實在太小，有些力不從心。過了那最困難的一步，修著修著，便也得趣。漸漸地，將佛道兩者都鑽得很深，但終因只是清修，沒蹚過世情，勘不破紅塵。

天君請了大羅天界上清境的元始天尊收他做關門弟子。天界的三清四御，三清之首便是元始天尊。元始天尊統共只點化過靈寶天尊一位弟子，收徒收得十分嚴格。天君本人也不太有把握，元始天尊能否看得上他。他那日被慈航真人帶著去上清境拜見元始天尊，那位天尊看了他兩眼，竟沒什麼刁難，十分順利地將他收作了自己的徒弟。那時，他不過是個才總角的小童子。

元始天尊授他仙術，素錦自然不能再跟著。能逃脫素錦的看管，他終於覺得有些雀躍。別的孩子雀躍起來，大多是歡笑著蹦兩下。但那時他已養成了一副沉穩性子，更是忘了一張臉該動哪個部位才算是歡笑，即便雀躍，也只是在心中暗暗地雀躍。他一向聰明，再加上跟著元始天尊修習仙術，只他們兩人，讓他覺得十分自由，興致很高，進步可謂神速。元始天尊只拈著鬍鬚笑。

漸漸地，他從童子長成少年，聽到越來越多的神仙背地裡議論，說他長得神似那位自鬼族之亂後便消失的掌樂司戰的墨淵上神。

便是天君也有一回將他的臉細細打量一番，嘆道：「當年墨淵上神在少年時代，大抵也是你這張臉。墨淵上神雖已灰飛煙滅了三萬多年，灰飛煙滅這檔事，於一般的神仙而言，也確然便是人生的盡頭了，但他卻不是個一般的仙，也許能有辦法保住一絲魂魄，經過兩萬多年的調養，再投生到你母妃的肚子裡也說不定。」

天君這一番話，正暗示他或許是墨淵上神的轉世。他一面覺得驚訝，一面覺得荒唐。驚訝的是，天界的典籍上記載的是墨淵上神自鬼族之亂後攜徒歸隱，卻原來並沒有歸隱一說，這位驍勇的上神早已戰死沙場。荒唐的是，神仙神仙，既是沒將大名簽在冥司命簿子上的神仙，又哪來的投生轉世。

其實也沒有多少人會認為他是墨淵的轉世，神仙轉世本就是個違背三界五行根本的事，但天宮裡不乏老神仙喜歡將他同墨淵比對。那時他年輕氣盛，除了學藝一途受了許多苦，一路上可謂順風順水，很受不住個別老神仙背地裡說他不如當年的墨淵。跟著慈航真人與元始天尊兩位師父修行時，便更加刻苦。

近兩萬歲上，那一年，西天梵境佛祖辦法會，他跟著慈航真人同去。在靈山上，同佛祖座下的南無藥師琉璃光王佛和南無過去現在未來佛以道法論佛法，大辯三日，得兩位古佛盛讚，一時聲名大噪。

天君很開心，誇讚道：「當年桑籍已算是很有悟性，卻也沒你做得好。今次定要好好獎一獎你，你想要什麼？」

他心中並未覺得快慰，低頭道：「孫兒想見一見母妃。」

天君臉色青了兩青，冷聲道：「慈母多敗兒，你要接我的衣鉢，你母妃卻注定不能將你養得成器，只能令你長成一副優柔寡斷的性子。我不讓你見她，是為你好。」

他抬頭看了兩眼他的爺爺，低頭再道：「孫兒只想見一見母妃。」

天君怒道：「若要令我准你見她，你便在兩萬歲前修成上仙吧。」

這已是刁難，四海八荒，從沒哪個神仙能在兩萬歲上修成上仙的，便是天界的尊神墨淵上神，當年也是兩萬五千歲才修得的上仙。墨淵之後又是多少萬年，才出了個桑籍，能在三萬歲上受劫飛昇。

那時的他，離整滿兩萬歲，不過須臾三四年。元始天尊曉得這樁事，只意味深長地笑了一笑。他父君來勸他道：「你母妃如今很好，你無須掛心，天君如此看重你，你便應事事順他的心，何苦違逆他，惹得他不高興。」

聽了這番話，他略有動容，不能明白自己為何會攤上這樣一個懦弱的父君。

但也並不覺得難過。天君自小對他的那一番教導安排，本就是要化去他的情根，教他靈台清明，六根清淨，將來才好一掌乾坤，君臨四海八荒，做一個能忍受並享受高處不勝寒這滋味的天君。

他想去見一見他的母妃，其實並不為年幼時他母妃對他的憐愛，那些事太遠，遠得他已記不清，連同他母妃的面貌。那時他才九歲。他只是想，他不是沒有母妃的人，那至少，他要記得自己的母妃長得是個什麼樣子。

他的父君已不再令素錦日日陪著他。這麼兩萬年處下來，他只當這位昭仁公主是他案頭的一張晾筆架子，並未將她當一回事。她還會不會繼續立在他案頭，於他而言，實在沒什麼分別。

他自以為這兩萬年，素錦日日守著他也守得難受，熬到今日，大家終於都得解脫。出乎他意料的是，素錦卻仍日日守在他的案頭，他去元始天尊處時，便守在上清境的入口。他因忙著修行，要在兩萬歲前飛昇上仙，也沒多在意這樁事。

眼看著他兩萬歲生辰日近，天君本人幾乎已忘了同他的那個賭約。

他生辰的前一日，素錦將九重天搜了個遍也沒找到他。卻忽聞第三十六天雷聲滾滾，閃電一把一把削下來，劃破雲層，直達下界的東荒，攜的是摧枯拉朽的勢，一摞一摞的山石樹木頃刻間化作灰燼。是個神仙都知道，這雷不是一般的雷，是神仙飛昇才能歷的天雷。

凌霄殿上的天君一張臉瞬時雪白，這天雷，一旦降下來便逃不掉，歷了便壽與天齊，歷不了便就此絕命。

天君白著一張臉攜眾仙一同站在南天門口。

兩盞茶過後，他一身血污，倒在一朵辨不出顏色的軟雲上頭，慢吞吞騰回來。

見著南天門上的天君，竟費力從雲頭上翻下來，踉踉蹌蹌拜倒在天君的跟前。他眼梢嘴角尚有細細血痕，面容卻十分沉定，只淡然恭順道：「天君答應孫兒，若是能在兩萬歲前飛昇上仙，便允孫兒見一見母妃，今日孫兒已歷劫飛昇，不知何時能與母妃相見。」

天君神色複雜看了他幾眼，終妥協道：「把這一身的傷將養好了再去吧，省得你母妃擔心。」

兩萬歲便修成上仙實在曠古絕今，他這一舉在四海八荒立時掀起一場軒然大波。自此，再也沒哪個神仙拿他同墨淵比對了。只他的師父元始天尊在玄都玉京中同來座下問道的靈寶天尊模糊讚過一回：「大抵長得那個模樣的，天生都帶了副十分的仙骨，當年的墨淵上神如是，夜華亦如是。」

尋常人只見著他年紀輕輕便飛昇上仙的體面，關懷他一身沉重傷勢的卻沒幾個。經了三道天雷的傷，自然比不得一般的傷。那日他能從雲頭上翻下來拜見天君，已是使了僅存的力。此後，只能日日躺在靈越宮裡將養，便是用個膳行個路，也須得人來攙扶。

雖同處了兩萬年，他卻一直沒怎麼放在心上的那位昭仁公主日日守在他的病榻前，端茶送藥，攙他行路，扶他用膳。他以為是天君下的令，令她來照看自己，也沒往旁的面想。這一照看，便是三四年。有一日，卻偶然聽到兩個嘴碎的宮娥議論，說這位昭仁公主思慕於他，他受的這一頓傷，累得昭仁公主背地裡落淚落了好幾場。

他那時已長成個十分英俊的少年，修仙路上又立了許多無人能出其右的動績，仙法卓然。雖然一張面容不苟言笑了些，卻更襯得天界未來儲君的威儀。不只那位昭仁公主，天族的許多少女都暗暗地思慕於他。

他兩萬年來被天君逼著只埋頭修行，從未有空閒能分一分心去想那風月之事，陡然聽說有人思慕他，心中驚了一驚，再聽說是那位昭仁公主思慕於他，又覺得荒唐。昭仁公主素錦，是老天君欽封的公主，這一代天君名義上的妹妹，他父君尚且要稱她一聲姑姑，他更是要稱她一聲姑奶奶。姑奶奶喜歡上孫子？縱然他們談不上什麼血緣關係，他也覺得不可理喻。

他那樣冷淡的性子，從來就不自找麻煩。素錦藏在心中不說，他便當不知道。只是後來素錦的慇懃服侍，能推他一概推了。女孩家的心思終歸敏銳些，他那樣三推四推之後，終有一日，素錦白著一張臉問他：「你都知道了？」

他並不願她將這事抖出來同他談。那時他雖不諳風月，卻也曉得有些事情，只適宜牢牢埋在土中，並不適宜大白天下。他只沉默著搖頭，便要去拿茶喝。素錦卻一把抓住他的袖子，哆嗦著一雙手，道：「我知道你全曉得。你既然都曉得，為什麼要做出這副模樣？」他冷冷反問道：「妳覺得，我該知道什麼？」素錦那一張雪白的臉微微地泛紅，手哆嗦得更厲害，半晌，才細聲道：「我……我……我喜歡你。」

素錦表的這個白，自然沒能得到回應。他那句話將素錦傷得很深，他說：「可我一直只將妳看作我的姑奶奶，像尊敬我爺爺一般尊敬妳。」

素錦眼角微紅道：「你……你是嫌我比你大了兩萬歲？可……可你將來要娶的那位正妃，青丘之國的白淺上神，卻整整要比你大九萬歲。」

他從小就是被當作下一代天君養著，修習課業雖辛苦，可除了天君、他的兩位師父和他的父君，從來沒人敢用這樣不敬的口吻同他說話，他略有些生氣，只道：「有本事妳便像白淺一樣，讓我非娶了妳不可。」

很多年後，他一直記著當年對素錦說的這句話，因為正是他當年隨口說的這一句話，令他在今後的人生中，付出了生不如死的代價。

又兩萬多年匆匆而過，他便要到五萬歲了。

九重天上千千萬萬條規矩。其中有一條，說的是生而非仙胎卻有這個機緣位列仙棻的靈物們，因違了天地造化升仙，須得除七情、戒六欲，才能在天庭逍遙長久地做神仙。若是違了這一條，便要被打入輪迴，永世不能再升仙上天。

妖精凡人們修行本就不易，一旦得道升天皆是戰戰兢兢守著這個規矩，沒哪個敢把紅塵世情帶到三清幻境中來的，活得甚一板一眼。其中活得最一板一眼的，成了這一派神仙的頭兒。這個頭兒在規矩上的眼光向來很高，但就連這個頭兒也承認，論起行事的方正端嚴、為人的持重冷漠，三十六天裡沒哪個比得過尚不滿五萬歲的太子殿下夜華君。

他三叔連宋找他喝酒，時不時會開他兩句玩笑，有一回佐酒的段子是九重天底下月亮的盈虧，從月盈月虧辯到人生圓滿，連宋被他噎了一回，想搶些面子回來，似笑非笑拍了拍他的肩頭，道：「你這個人，自己的人生尚不圓滿，卻來與我說什麼是圓滿，紙上談兵談得過了些。」

他轉著酒杯道：「我如何就不圓滿了？」

連宋立時接過話頭，端出一副過來人的架子，做滄桑狀道：「觀星台上夜觀星相，單憑一雙眼，便能識得月之盈虧。三清幻境外頭晃一晃，歷了情滋味，才能識得人生之盈虧。」

連宋這麼一說，他這麼一聽，聽完後只淡淡一笑，並不當真。他從未覺得情這東西是個多麼大不了的東西。

這趟酒飲過，七月底。天君令他下界降服從大荒中長起來的一頭赤炎金猊獸。

說這金猊獸十年前從南荒遷到東荒中容國，兇猛好鬥，肆虐無忌，令中容國十年大旱，千里焦土，舉國子民顛沛流離。中容國國君本是個難得的好脾氣，可第十個年頭上，這金猊獸看上了國君的妻，連個招呼都沒打就將王后擄回了洞中，染指了。架不住難得好脾氣的中容國國君也怒了，這一怒便抹了脖子，一縷幽魂飄飄蕩蕩斂入冥司，將這頭金猊獸的惡行一層一層告了上去。

赤炎金猊獸的名氣雖比不上饕餮窮奇一干上古神獸，能耐卻絲毫不輸它們。天君單令他一個人下界收服這畜生，也存了打磨他這個繼承人的意思。

他與赤炎金猊獸在中容國國境大戰七日，天地失色之際，雖將這凶獸斬於劍下，卻也因力竭被逼出了原身。他那原身本是威風凜凜的一條黑龍，他覺得招搖，便縮得只同條小蛇一般大小，在從旁的俊疾山上找了個不大起眼的山洞。俊疾山遍山頭的桃樹，正是收桃的季節，他在山洞裡頭冷眼打量一番，緩了緩，便一閉眼睡了。

這一場睡睡得酣暢淋漓。不曉得睡了幾日，待他終於睜開眼，卻發現現今處的地兒，全不是那個濕答答的山洞了，倒像是凡人造的一間茅棚。這茅棚搖搖欲墜，配上一扇更搖搖欲墜的小木門，令人情不自禁覺得，一推那木門便能將整間茅棚都放倒。

屋外野風過，帶起幾片樹葉子的沙沙聲，小木門應聲而開。先是一雙鞋，再是一身素衣，然後，是一張女子的臉。

多年修得的持重沉穩被狠狠動了動，他腦中恍惚了一下，面前女子窈窕的身姿，同不曉得什麼時候埋在記憶中的一個模糊背影兩相重合，一股難言的情緒在四肢百骸化開，那滋味像是上輩子丟了什麼東西一直沒找著，歷經千萬年之後，終於教他找著了。連宋大約會漫不經心搖扇子：「這是動情了。」佛家大約會唸聲阿彌陀佛：「這是妄念。」

果必有因。他記不得的是，七萬年前墨淵以元神祭東皇鐘，他被一個嘶啞的聲音喚醒，那聲音無盡悲痛：「師父，您醒一醒，您醒一醒……」一遍又一遍，在他耳邊繚繞不去，縱然喚的不是他，他卻醒了。那聲音的主人正是他眼前的這個女子。

前世的幻夢在他投生為天君長孫時他便一概不記得了，但那於紅蓮業火中剎那而生的劫緣，卻深深烙入了他來生的命格。當初他於紅蓮業火中醒來，在這世間第一眼見到的，不是上方的天亦不是下方的地，而是此時對他盈盈笑的這個女子。這個女子，她那時化了個男兒的模樣，她叫司音。

他盤在床榻上，像被什麼刺中一般，本是古水無波的一雙眼，漸漸掀起黑色的風浪。

那女子左右端詳了一會兒，喲了一聲，歡快道：「你醒啦。」又來摸他頭上的角，摸了一會兒，滿足道：「我認識的幾條蛇沒哪條長得你這麼俊的，你真是條不一般的蛇，頭上居然還長了角。你這個角摸起來滑溜滑溜的，嘿嘿，手感挺好。」

他垂了垂眼眸，只靜靜瞧著她。

縱然他其實是頭威風凜凜的黑龍，但這女子孤陋寡聞，大約沒見過龍，只當他是條長得與眾不同的小蛇，於是，想將他馴養成一條家蛇。家蛇有許多好處，譬如，她會將他抱在懷中同他說話，她會用那雙柔柔的手捏了食材放到他嘴邊餵他，她會分給他一半的床鋪，夜裡讓他躺在她身旁入睡，還給他蓋上厚厚的被子。他想，她大約從未養過蛇，不曉得蛇是不用睡在床榻上，也不用蓋被子的，當然，龍更不用。

許多夜晚，他會在她入睡後化出人形來，將她摟入懷中，在第二日她醒來之前，再變回一條小黑龍。

她不會染布，穿在身上的一概是素服。比天上那些女神仙穿的雲緞綵衣樸實得不曉得差了幾重山，他卻覺得這些素衣最好看。他給她起了個名，叫素素。素素，素素。

轉眼便是九月，四海八荒桂花餘香，在裊裊桂香中，素素又撿回來一隻剛失了小崽子的母老鴰，成天忙著給這老鴰找肉吃，擱在他身上的心便淡了許多。他雖表現得不動聲色，卻挺有危機感地意識到，在素素眼中，他這條小蛇，怕是同那隻母老鴰沒甚區別。他覺得這麼下去不妥，便尋著一天素素又帶著那老鴰出茅棚找肉去了，轉身化出人形，招來祥雲登上了九重天。

九重天上於情之一字最通透的，是他的三叔連宋。這一代的天君年輕時很是風流，但連宋的風流卻比其老子更甚，是遠古神族中排得上號的花花公子。

花花公子說：「凡界女子我沒沾過，但有句話說得好，鴇兒愛鈔姐兒愛俏，凡是妙齡的女子就沒哪個不愛俏郎君的，你到她跟前一站，對她笑一個，保準她骨頭就酥了。」

他喝了口茶，不置可否。

花花公子又說：「自古美人愛英雄，要不你做個妖怪出來，放到那山上去嚇一嚇她，嚇得她魂不守舍時，你再持著青冥劍英姿颯爽衝出去將那妖怪打死，如此你便成了她的救命恩人，她無以為報，自然只能以身相許。」

他將茶杯放在桌上轉了一轉，輕飄飄道：「哪日我清閒了，幫你做個妖怪去嚇嚇成玉，唔，一般的妖怪自然嚇不到她，須做個尤其厲害的，能打得過她的，將她打得氣息奄奄了你再去救她，她大約也會無以為報，對你以身相許。」

花花公子乾笑了兩聲，搖著扇子無奈嘆息：「美人計你瞧不上，英雄計你又心疼她，怕將她嚇著了。那不如反過來，使個苦肉計，你自己捅自己兩刀，躺到她家門口，她不能見著一個大活人死在自家門口，自然要勉力將你救上一救。如此，你為了報答她，傷好後硬留下來與她為奴為僕纏著她，她能奈你何？」

茶杯擱在桌上，「嗒」的一聲，他以為此計甚好。

真用上苦肉計，也無須當真砍自己兩刀，神仙自有那障眼的法術。他同連宋這一頓茶喝完，立時撥下雲頭。此次下界，他做了個仙障，為避天上的耳目，將俊疾山層層罩了起來。落到素素的茅棚跟前時，他捏了個訣，比照著當年飛昇上仙時身上受的傷，將自己弄得渾身血淋淋的。

這個計策果然很成功，素素推開那扇搖搖欲墜的小木門，一眼見著他，十分驚恐，立時將他拖進了茅棚中。素素止血的法子十分笨拙，他躺在床榻上側身瞧著她滿頭大汗搗鼓草藥的背影，覺得有點滿足。但她是被驚嚇得狠了，上藥的手抖啊抖啊的，一杓藥汁大半都要灑在地上，剩下的一半有小半灑在他袍子上，剩那麼幾滴，大約能有幸捂得他的傷口。他瞧著她蒼白的側臉，微微抿起的嘴唇，良心發現，胸膛裡軟了一軟，趁她轉身添草藥時，動了動指頭，令那做出來的傷口迅速自行癒合了。添完草藥的素素回頭見著他這好得飛快的一身傷口，訝得目瞪口呆。他覺得她這目瞪口呆的模樣挺可愛。

素素不大放心他，留他在茅棚裡休養幾日，正中他的下懷。她不提醒他走，他便佯裝不知，傷好了也絕口沒提過離開的事。直到第十二天的上頭。

第十二天大早，素素端了一碗粥到他跟前，委婉表示，她一個弱質纖纖的女流之輩，養個把小動物倒不成什麼問題，但要養活他一個大活人著實有些困難，眼見著他身上的傷已經好得差不多了，大約也是時候該離開這裡了。她一番話說得吞吞吐吐，顯然下這麼一道逐客令她也有些不好意思。

他端起粥來喝了一口，淡淡道：「妳救了我，我自然要留下來報答妳的。」

她連忙擺手道不用，他沒答話，只不緊不慢將一碗勉強能入口的粥仔細全喝了，才瞧著眼巴巴的她淡淡一笑，道：「若不報答妳，豈不是忘恩負義。不管妳受還是不受，這個恩我是必須得報的。」

她臉色青了一陣白了一陣。他托著腮幫瞧著她，覺得她這個死命糾結卻又顧面子強撐著不發作的模樣實在可愛。他完全沒料到，接下來她會說出一句比她方才那模樣還要可愛一百倍的話來。她說的是：「你若非要報恩，不如以身相許。」

他們對著東荒大澤拜了天地發了誓言。洞房花燭這一夜，他們纏綿後，他抱著熟睡的她，覺得很圓滿。

但命這個東西真是玄得很。人說萬般皆是命，半點不由人。凡人的命由神仙來定，神仙的命則由天數來定，都逃不過一個時來運轉，一個時變運去。他是上天選定的天君儲君，因他的二叔桑籍惹出的那一段禍事，天君紅口白牙許了青丘白家一個約，四海八荒都曉得他將來勢必要娶青丘的白淺上仙。他從前覺得人生不過爾爾，無論是娶青丘的白淺還是娶白丘的青淺，全都沒差，不過臥榻之側多一個人安睡罷了。但如今，他有了愛著的女子，從前的一切，便須得從頭來計較。

桑籍的前車之鑑血淋淋鋪在前頭，且他還坐了個甩也甩不掉的儲君之位，只等五萬歲一到，便要被封為太子，他同她的這樁事，便更加難辦。他周密考量了幾日，種種法子皆比對了一番，選了個最凶險的，卻也一勞永逸的。可巧南海鮫人族近日正有些不尋常的動向，也算為他徹底脫開天宮這張網釀了個機緣。但這件事他獨自來做難免令人生疑，要叫個在天君面前說得上話的人幫著遮掩遮掩。他七七八八挑揀一番，選了倒霉催的連宋來當此大任。

連宋搖著扇子上上下下將他打量一番，遺憾道：「依著這個態勢，南海那一場仗必不可免了。屆時我自然能在父君面前幫你做做證，證實你確然灰飛煙滅渣子都不剩了。不過，就為著那麼一個凡人，你真要將唾手可得的天君之位棄了？哦，他們凡界稱這個叫什麼來著，哦，不愛江山愛美人，非是明君所為。」

他只轉著茶杯似笑非笑：「我對這三千大千世界沒抱一絲一毫眾生大愛，勉強坐上那位置也成不了什麼明君，倒不如及早將位置空出來，讓給有德之人。桑籍當年被流放，第三年便得了我。我這一灰飛煙滅，說不定，不用三年，天君便能再尋著一個更好的繼承人。」

連宋彎起眼睛笑了笑，只道了一個字：「難。」

不久，素素便懷了孕。他雖高興得不知怎麼才好，但多年修出的沉穩性格使然，瞧著比一般初為人父的要鎮定許多。懷孕後的素素在「吃」之一字上更加挑剔，那段時日，他的廚藝被磨煉得大有長進。

所有的一切都按著他的計算在一步一步平穩發展。兩月後，鮫人族終於發動叛亂。連宋執著白子笑道：「按理說，鮫人族那位首領不是這麼毛躁的性子，以他那周密的個性，至少還得延遲一個月，莫不是，你從中動了什麼手腳吧。」

他略掃一掃棋盤，淡淡道：「他們早一日將此事攤到明面上來，屆時天君令我下去調停這樁事，我也多些勝算。」

連宋將白子落下，哈哈一笑：「你莫用這些冠冕堂皇的理由來糊弄我，主要是你那娘子懷了身孕，你等不及了吧？」

他食指中指間擶的黑子「嚓」一聲落到棋盤上，大片白子立時陷入黑子合圍之中，他抬頭輕飄飄一笑，道：「不過一箭雙鵰罷了。」

天君果然下令，讓他下南海收服鮫人族，一向在天宮神龍見首不見尾的連宋亦請戰，天君准了。他怕素素擔心，只同她道，要去個很遠的地方辦件很重要的事，怕她寂寞，從袖中取了面銅鏡給她，答應她不忙時便與她說說話。

為了瞞過天君，在南海的戰場上，他生生承接住了鮫人族頭領拚盡全力砍過來的一刀，鮫人族在巫廟中供奉了千萬年的斬魄神刀從他胸膛直劃到腰腹，砍出極狹長的一道刀痕。他撞到刀口上的力度拿捏得十分到位，深淺正合適，再深一分便指不定真散成飛灰了，淺一分又顯不出傷勢的要命。

他出事後，連宋即刻接了他的位。哀兵必勝，太子這一趟被鮫人族的頭兒砍得生死未卜，令下頭的將士們異常悲憤，僅三天便將南海翻了個底朝天，鮫人一族全被誅殺。

如此，只待連宋回天宮添油加醋同天君報個喪，說他已命喪南海灰飛煙滅，這一切便功德圓滿了。只是他千算萬算，沒算到在這個節骨眼上，素素竟闖出了他設在俊疾山上的仙障，一眼被天宮發現。他這場戲再沒法做下去，被抬著回天宮那日，久旱的南海下了第一場雨。

他活到這麼大，從不曉得後悔是個什麼東西。如今，他昏沉沉躺在紫宸殿的床榻之上，卻十分後悔未將俊疾山上的仙障再加得厚實些。他以為那時在南海傷得太重，連累下在俊疾山上的那道仙障缺了口，才教素素闖了出去。他不曉得，即便將那仙障下得十道城牆厚，他那娘子依然闖得出去。

天君到洗梧宮探望於他，先問過他的傷勢，頓了一會兒，才緩緩道：「前幾日我偶爾瞧得下界一個凡人，腹中竟有你的骨血，這是怎麼回事？」

他躺在床榻上應了一聲，淡淡道：「孫兒降服赤炎金猊獸時，受了些小傷，蒙那凡世女子搭救。她腹中的胎兒，算是孫兒報的恩。」

天君點了點頭，道：「既是報恩，倒也沒什麼，你未來要接我的衣缽，太重情卻不是個好事，你只需記著這一點，我便也沒什麼好操心。她既懷了你的孩子，便將她接到天上來吧。」

他瞟了一眼床帳上盛開的大朵芙蕖，仍是淡淡地：「將一個凡人帶到天上，終不大體統，她本就身在凡世，何必帶到天上來費事。」

他這個神色很中天君的意，天君欣慰一笑，半晌，卻還是道：「天家的孩子理當生在天上，流落到野地裡便更不是個體統，你身上的傷將養得差不多了，便將她接上來吧。」

他口中的體統自然比不上天君提的這個體統。他其實曉得這與體統不體統的沒甚關係，大抵是天君不信他那一番說辭。桑籍當年將少辛帶回天上，若不是桑籍運氣，少辛最後會落得個什麼下場他最明白不過，可如今他卻不能不重蹈桑籍的覆轍，將她帶進天宮。

他那時便曉得，他與她再無可能。此後在這偌大的天宮中，他與她只能做陌路。他不能將她扯進這潭渾水，不能令她受半點傷害。他甚至有些慶幸，幸好她尚未愛上他，在這段情中，幸好只是他剃頭挑子一頭熱。能在俊疾山上得著那五月的時光，即便將來她將他忘得乾乾淨淨，他也沒什麼遺憾了。三年，只要能保她平安度過這三年，待她產下孩子，天君沒什麼理由好繼續將她留在天宮，屆時，他便讓她喝下冥司的忘川水，將她送回俊疾山。她會活得開懷逍遙，在俊疾山上自在終老，而他只要能時不時地透過水鏡看看她，便心滿意足了。

他將素素帶回天上，將她安頓在一攬芳華，著了他寢殿中剛從下界一座仙山提上來的一個最老實憨厚的小仙娥去服侍她。轉眼兩年過，這兩年，外頭有眼色的都看出來他對這帶上天的凡人並不大在意，天君也看出來了。但其實有時候，他同她兩人獨處時，也會時不時控制不住對她溫柔。好在那些失了分寸的舉動，只他和她曉得罷了。

所幸，這兩年裡頭，沒有任何人去找她的麻煩。她雖然處在這天宮中，好歹出淤泥而不染地沒同九重天沾上半點關係。

但這兩年的七百多個夜裡，他整夜整夜不能合眼。

第三年開春，北荒形勢不大妙，天君令他前去駐守，時時關注北荒的動向。他帶著手下幾個魁星，一路趕赴北荒。卻未料到這不過是天君一個計策，只為了將他支開罷了。

天君在他身上下了五萬年的心血，絕不容許半點意外發生。

他走後的第二日，天君新納不久的妃子，原昭仁公主素錦在他的書房中自導自演了一場大戲。她對著他書案上的一張晾筆架子演得惟妙惟肖：「你娶一個凡人，不過是報復我背叛你嫁給了天君，是不是？可我有什麼辦法，我有什麼辦法，四海八荒的女子，誰能抵擋得了天君的恩寵？呵，告訴我，夜華，你愛的仍然是我，對不對？你叫她素素，不過是因為，不過是因為我的名字裡嵌了個『素』字，對不對？」

他其實從不曉得昭仁公主素錦的錦是哪個錦，素又是哪個素。他記得九重天上一品到九品的每個男神仙的仙階和名字，只因批閱文書時須常用到。這昭仁公主的名字寫出來該是哪兩個字，他卻著實沒那個閒工夫去查證。

縱然這番話若是被他聽到，不過嗤一聲無稽之談，或是關照一句妳撞邪了？可聽到這番話的，卻不是他，而是素素。

他自然不曉得，素素已聽了許多專編給她一個人曉得的閒話。

半年後，他重回天宮，尚未踏進洗梧宮，便見服侍素素的小仙娥奈奈一路急匆匆小跑過來，見著他聲帶哭腔道，素素在誅仙台與素錦娘娘起了爭執。

誅仙台這地方於神仙而言自來是個不祥地，等閒的仙站上去半點法力也使不出，素素大約不會落下風，他心中微寬了寬。可待他皺眉趕過去時，雖沒見著素錦加害素素，卻正見著素素一手將素錦推下了誅仙台。素錦那身花裡胡哨的宮裝搭著圍欄一晃，他一顆心詫然提緊，倘若那昭仁公主出了事……

他翻下誅仙台將素錦救上來時，已察覺她的眼睛被台下戾氣所傷。那一剎那，他腦子裡一閃而過的竟是五萬年前桑籍的那樁事。他記得，桑籍所愛的那條小巴蛇不過因了在天宮的兩三分驕縱，便被天君一道令旨關進了鎖妖塔。素錦似乎說了些什麼，他全沒在意。三年前那一回他閃身撞上鮫人族的斬魄神刀時，心中也沒沉得這樣厲害。素素撲過來道：「不是我，不是我，我沒有推她，夜華，你信我，你信我……」

她不停申辯，模樣可憐，他看得心中一痛，可頭兩年她實在被保護得太好，不曉得現下這個情狀，她這樣做派更易落人口實。素錦捣著眼睛低低呻吟了兩聲。守在遠處的幾個小仙娥已提著裙子小跑過來。

多年對陣練就的臨危不亂令他在片刻間恢復理智，心中已有了個將這樁事囫圇圓滿的算盤。可這樁事本就是天君的算計，爭的便是誰的動作更快，時間更充裕。他被支在北荒半年多，又如何能在此事上贏過天君？那算盤尚未開撥，便被天君座下的幾個仙伯截住了。

書房中，天君正邀了幾個天族旁支的頭兒議事。這幾個頭兒哀憐昭仁公主的身世，一向照顧素錦。見著素錦這等模樣，全怒火中燒。

天君一派端嚴坐在御座上，喝了口茶，淡淡道：「素錦她是忠烈之後，合族老小皆為天地正道拋了頭顱灑了熱血，我天族本應善待她，此番卻讓她被一介凡人傷得這樣，此事不給個合宜的說法，未免令諸位卿家心寒。」

他不願將她扯進九重天上這潭渾水，小心翼翼又小心翼翼，可，終究是躲不過。

素錦應景地抽泣了兩聲，幾個垂首立在一旁的頭兒首領們敢怒不敢言，天君仍端嚴地瞧著他。他一身帝王術五成皆是從御座上這老頭兒處悟得，合著桑籍的事略略一想，約莫也揣測得出他在想什麼。

素素有否將素錦推下誅仙台已無甚緊要。天君擺出的這齣戲臨近收官，他坐等自己這不長進的孫子不顧一切為那凡人開脫，激怒書房中立著的幾個他特地挑選出的莽撞臣子，好藉著下方幾位臣子的口，將那凡人判個灰飛煙滅。他坐在這高高的天君之位上，最曉得怎麼對他的繼承人才是好，怎麼對他的繼承人又是不好。

房中靜默片刻，素錦低低的抽噎聲在半空中一撥兒一撥兒打轉。

他雙手握得泛白，卻只恭順道：「天君說得很是。方才孫兒也沒瞧得真切，只聽天妃說素素這麼是無心之過。縱然是無心之過，卻也令天妃的一雙眼受傷頗重。這雙眼，素素自然是要賠上的。身為凡人卻將一位天妃推下了誅仙台，雖天妃曉得她是無意，但素素如此確然罪無可恕，不曉得判素素受三年的雷刑，可否令天妃同眾卿家滿意？」

天君等了半日，卻沒料到他說出這麼一番識大體的話，眾臣子無可挑剔，只得連呼太子聖德，無半點偏袒徇私，他們做臣子的十分滿意。

天君冷著一張臉無奈點頭，准了。

他再上前一步，繼續恭順道：「素素她曾有恩於孫兒，天君教導孫兒，得恩不報，枉為君子。當初既是孫兒將她帶上天宮，如今她出了這樁事，自然當由孫兒負起這個責任，她腹中還有孫兒的骨血，於情於理，孫兒都須得再求一求天君，讓孫兒代她受了這三年的雷刑。」

他一套話說得句句是理，天君臉上沒什麼大動靜，待他話畢，只低頭喝了口茶，復抬頭時面上一派祥和，再准了。

他親眼見著素素那一推將素錦推下了誅仙台，賠眼是順天君的半口氣，順素錦的半口氣，順那幾個頭兒首領的半口氣，但最緊要的，卻是將欠素錦的一分不少全還給她。神仙同凡人扯上關係，這本已是亂了天數，便最忌諱糾纏不清。老天自會將這些糾纏理順扯清，譬如素素欠素錦的，今日不還，老天總有一日會排一個命格在她頭上，令她連本帶利還個徹底。

他最不願她受到傷害。可他不曉得，縱然他有滔天的本事，也無法保她一個周全。因這個劫難乃是她的命中注定。

素素被剜眼後，他亦即刻前往第三十三天的神霄玉府領那雷霆萬鈞之刑。雷部主神九天應元雷聲普化天尊剛嚴正直，絲毫沒因他是太子便有所放水。那萬鈞的雷霆雖傷不了人命，但每一道落到身上，卻痛苦如元神被瞬間撕裂，是個安全又折磨人的刑罰。他每日都須得承四十九道雷霆加身。便是素素分娩那日，也不例外。身上的傷痕一道疊一道，十分猙獰。他怕素素發現，惹她擔心，便再不敢到一攬芳華陪她過夜。

待素素生產後便送她回俊疾山已是遙不可及的幻夢，既然無論如何也無法避免傷害，他想，他便要一生將她拴在身旁。他那時並不曉得，這不過是他一廂情願的癡心妄想。他深愛的那個人，那個時候，他無論如何也不能與她得到幸福。因他不過是她飛昇的情劫。他注定是她飛昇的情劫。不是他，也會是別人。他不曉得命運的殘酷。

素素跳下誅仙台，他亦決絕地跳了下去。誅仙台不過誅神仙的修行，若是尋常，本要不了他的命，可他剛受了雷霆加身，沒半分力氣，這麼一跳，擺明是尋死。天君本以為逼死那女子後不過令他這孫子消沉幾天，從此後他仍是九重天上最完美的天君儲君。他沒料到他孫子將那女子看得這樣重。從凌霄殿一路趕到誅仙台將他救上來時，他已近油盡燈枯。那一瞬間，高高在上的天君剎那蒼老了許多。

他那一睡便是六十多年，醒來後萬念俱灰，不曉得為什麼自己要醒來。他的母妃樂胥瞧著不忍心，從藥君處拿了顆忘情丹放到他跟前，他卻只是淡淡一瞥。雖則情傷的痛苦像鈍刀子割肉一般時時凌遲著他，但他覺得，素素是他五萬年來生活中唯一的色彩，若連這唯一的色彩也抹去了，他便再不是他了。雖然痛苦，但他不願忘記她。

他對素素的執著便也是素錦對他的執著。可素錦對他的執著卻害死了素素，他是真的想殺了她。洗梧宮跟前青冥劍當胸刺過，穿著大紅嫁衣的素錦不可置信低喃道：「為什麼？」他覺得無趣，只反手將劍抽離，冷冷瞟了她一眼，轉身踏入宮門，一揚手，緊閉了洗梧宮的大門。

但素錦實在太好強，她從小雖是個孤兒，七萬年來卻一直順風順水，只有他，一回又一回地令她栽跟頭。她當著八荒眾神將本族聖物結魄燈呈給了天君，三月後，成功住進了洗梧宮。

一轉眼三百年匆匆而過。

所幸，老天爺並不如想像中缺德。劫緣劫緣，他同她的那一趟劫熬過了，便該是緣了。

三百年後，在折顏的桃花林中，他遇到一位女子。第二日東海水君的水晶宮中，那女子矮身坐在一張石凳上教訓他二叔的夫人，右手握著一枚扇子，左手拇指與食指成圈，餘下三根手指在石桌上輕輕敲擊。那正是素素無意識常做的動作。那訓人的口吻，亦極似素素。

他腦中轟的一聲。從珊瑚樹的陰影中走出來，唇邊攜了絲三百年來皆未有過的笑意：「夜華不識，姑娘竟是青丘的白淺上神。」

貳：所謂征服

白止帝君家的老四滿週歲時，十里桃林的折顏來串門子。

須知青丘的狐狸方生下來落地時，雖是仙胎，卻同普通狐狸也差不多，全不是人形。待到週歲上，吸足了天精地氣和他們阿娘的奶水，方能化個人形。且是將將生下來的嬰兒的人形。

將將生下來的嬰兒，那必然是皺巴巴的。

縱然青丘白家的老四日後漂亮得如何驚天地泣鬼神，彼時，也只是個皺巴巴的只得兩尺長的小娃娃而已。

九尾白狐這個仙族，是很撿便宜的一個仙族，天生便得一張好皮相。不過人長得好了，便十分難以忍受自己有一天竟會長得難看，甚或，自己曾經竟有一天長得難看過。

白家老四便是箇中的翹楚。

其實九尾白狐的一生皆是光鮮亮麗的一生，硬是要說個不光鮮的，便只是他們初化人形的時候。然彼時尚是個小嬰兒的白狐們自然並不知道什麼是美什麼是醜，也就並不會糾結自己的相貌。即便後來長大了，想起來自己曾經是個多麼醜的嬰兒，略略寬慰一下自己嬰兒並不能分什麼美醜，也便過了。

然白家老四卻很不同尋常，有句話說智者多慮。老四在做尚不能化人形的小狐狸時，皆是由白家的老三帶著。做狐狸時的老四是隻十分漂亮的小狐狸，老三便抱著他到處給人看：「這隻小狐狸漂亮吧，沒見過這麼漂亮的小狐狸吧，嘿嘿嘿嘿，這是我弟弟，我娘剛給我添的弟弟。」遇到個別長得不是那麼好看的小狐狸，白家老三會偷偷撇一撇嘴，挨著老四的耳朵悄悄說：「嗯，那麼隻醜巴巴的狐狸，嘖嘖嘖嘖……」

是以，那個時候，尚不滿週歲的、冰雪聰明的白家老四，便對美醜相當地有概念了。

白家老四滿週歲，白止帝君低調，只辦個滿月的家宴，折顏同狐狸洞交情一向好，自然也來了。

老三小心翼翼地將自己的弟弟抱出來，折顏喝了口酒，瞇著眼睛看了半天：「唔，白止，你這小兒子怎的生得這般醜。」

折顏這麼說，自然因為他未曾娶親，沒帶過孩子，不知道天下的小嬰兒生下來都是這麼醜的。白家老四因注定要長成個美人，從他皺巴巴的小臉上仔細探究一番，其實也能勉強地尋出幾分可愛。

白家老四從來沒被人用「醜」字形容過，他聽見折顏這麼說他，小小的嬰兒身軀一震。

他十分悲憤，十分委屈。眼眶裡立刻包了一包淚。

但他覺得他縱然小，也是個男子漢，他的哥哥們在他做狐狸時便教導他男子漢能灑熱血不流淚，他牢牢地記著，便咬了嘴唇想把眼淚逼回去，但他沒有牙齒，咬不動。於是這堅強隱忍的模樣在外人看來，便只是扁了嘴巴，要哭又哭不出來，如此，便更醜了。

折顏拍了拍他的胸口，笑道：「也許長開了就沒那麼醜了。」

白家老四終於「哇」的一聲哭出來了。

九尾狐狸本來興在週歲宴上定名，卻因白家老四今日很不給面子地一直哭，這事便也草草地擱下。因青丘歷來有個規矩，給小娃娃起名字乃是個慎重的事，名起好了，先要唸給這小娃娃聽一聽，得他的一笑，才算作數。縱然小娃娃並不是真聽了這個名，覺得合自己的心意才笑的。唸給小娃娃聽時，旁邊需再坐一個人，來逗惹這個小娃娃。可現今這情勢，白家老四正傷心得很，自然是笑不出來的。

定名的儀式便順延到了第二年白家老四的生辰。

這一年，白家老四已長開了，白白胖胖的，玲瓏玉致，十分可愛。折顏在桃林閒得很，自然還要來。

生辰頭天，白家老四特意去問了自己的爹，去年那個叔叔還會不會來。白止帝君訝道：「什麼叔叔？」白家老四扭捏地絞著衣角道：「那個說我長得醜的漂亮叔叔。」

白止帝君十分驚奇自己這小兒子竟有這麼好的記性，點頭道：「自然是要來的。」

於是，白家老四歡歡喜喜地跑到狐狸洞外一汪潭水邊，蹲在潭邊上練習了半日最可愛的表情、最迷人的表情、最委屈的表情、最天真的表情……

第二日，惠風和暢、天朗氣清。白家老四早早地從被窩裡爬出來，搬了個小板凳坐在狐狸洞前，熱血沸騰地等著折顏。

他等啊等啊等，等啊等啊等，時不時地再到潭水邊上去對著水面理理衣裳，蘸點潭水將頭髮捋一捋，然後回到板凳上坐著繼續等。

近午時，折顏終於騰了朵祥雲來到狐狸洞跟前。見著端端正正坐在板凳上的白家老四，眼睛一亮，一把抱起來笑道：「這麼漂亮的小娃娃，是從哪裡冒出來的？」

漂亮的小娃娃白家老四老實地趴在折顏懷裡，他覺得有些眩暈，但是表面上還是裝得很淡定。這個叔叔說他漂亮耶，他終於承認他漂亮了耶……

趴在折顏懷裡的白家老四矜持地抿起嘴唇來，吧唧對著折顏親了一口。

叄：所謂桃花

夜華君自沉眠中醒來的次年，九重天坐鎮凌霄寶殿的天君他老人家，要做一個滿萬歲的壽辰。

這個壽辰打算得尤其隆重，因除了聚八荒眾神共賀自己的大壽外，天君他老人家還琢磨了一層更深的意思。要借這個機緣，為夜華君得以重回九天之上，酬一酬天恩。

既然存了這個考量，赴宴的神仙上到幾位洪荒上神，下到一眾平頭小地仙，便都請得很齊全。

聽說幾位上神今次也很賣天君面子，連素日不怎麼搭理九重天的折顏上神，都接了帖子。

這個令人振奮的消息一放出去，四海六合都動了幾動，家中有女尚待字閨中的天族神仙們，動得尤其厲害。

試想，墨淵上神、折顏上神、白真上神，三尊金光閃閃尚未婚配的上神齊聚一堂，此種境況萬萬年難得一遇，萬一哪家閨女撞了大運，趁著這個晚宴教三尊上神中無論哪一位瞧上，容他們高攀上去……再則，夜華君雖已有白淺上神做了正妃，但側妃的妃位仍空懸著……

諸位心中的算盤打得雪亮，於是乎，大宴這日個個仙者皆拖家帶口而來，凌霄寶殿上容不下這許多神仙，只得臨時將宴會挪到老君一向辦法會的三十二天寶月光苑。

八荒眾神一如既往地惦記自己敬重自己，且還拖家帶口來惦記自己敬重自己，讓天君感到很滿意。因此，宴會上譬如哪家女眷想僭越禮制來奏個小曲獻個小舞，天君也准得挺痛快。

一時寶月光苑鶯歌燕舞，赴宴的女仙們個個祭出看家的手段爭奇鬥豔，園子裡本燃了八部高香，薰出的些微佛味兒全被女仙們的脂粉掩得嚴嚴實實。

因夜華君坐的太子位上有白淺上神鎮守，上神今日一襲紅裙，襯著天上地下難得一見的絕色容顏更顯貌美，令人不敢直視。上神的面色雖做得十足十柔和，但女仙們若想將眼波朝著太子殿下處拋一拋……當然等閒者的確不敢拋這個眼波，偶有兩個年紀小不懂事的，那眼波尚拋在一半，已被上神她輕描淡寫點過來的目光凍成了冰渣子。

太子殿下手中握著杯茶暖手，嘴角含著淡淡笑意，並不說話。但十成中有八九成女仙都心細地留意到，縱然她們今天個個打扮得花枝招展跟花蝴蝶似的，太子殿下的眼神卻坦坦蕩蕩地一絲一毫也未放在她們身上。她們覺得，有可能是自己打扮得還不夠鮮豔扎眼。

太子殿下此時正頗有興致地瞧著他面前的几案。長案前，白淺上神凝神剝著一個核桃，手邊積了一大堆核桃殼，一個空茶杯中已裝了整整半杯剝好的核桃仁。核桃仁，據說補腦。

太子殿下瞧了半晌，伸手到杯中撈了一塊，卻被白淺上神急急地按住手：「再等片刻，你看，你拿的這個尚未去衣，核桃衣味苦，連著一起吃倒顯不出核桃仁的美味，我將手上這個核桃剝好就來去衣，你先用旁的糕點墊一墊。」蹙眉又想了一想，拿過一根細竹籤憂心忡忡地道：「我還是先將這一塊去了衣讓你嘗嘗，或許我剝完了再給你你卻不如現在有胃口了。」側頭瞧見折顏上神跟前的桌子上竟擱了一盤果肉豐厚的板栗，順手撈過來殷切地向太子殿下道：「我估摸單吃核桃容易膩，夾著栗子吃不錯。你等等我再給你剝兩把栗子。」

折顏上神並了兩根手指敲打桌面：「哎哎，妳別給我順完了，好歹留半盤，真真還要吃的。」

太子殿下咳了一聲，道：「既然四哥愛吃這個，還是留給四哥吧。」半垂眸瞧著準太子妃的白淺上神，含笑暖聲道：「我的傷已大好，不用再將我像阿離一般養著。」

就見白淺上神抬手握住太子殿下的右手，放在手中輕輕摩挲，望著太子殿下的眼睛：「怎麼能說已經大好了呢。」

當是時上神她微微仰著頭，一雙波光流轉的眼睛裡似含著苦澀，似含著輕愁，那張臉配上那樣的神情，連她們這些女仙們瞧著都覺得很要命。太子殿下竟然還能沉穩以對，令她們覺得相當欽佩。當然，太子殿下到底是真沉穩還是假沉穩，這個恕她們眼拙。

關於太子夜華，有太多赫赫的傳說。過往的每一個傳說，穿越仙山霧海傳到眾位女仙的耳朵裡，都令她們對太子的仰慕拔高一分。這種仰慕經年累月地積下來，逾千年後，終使得夜華君成為她們閨夢中的頭一號良人。

其實她們今天，雖然奉各自父母的命，主要是將眼波放在墨淵、折顏、白真三尊上神的身上，但夜華君自她們幼年已然深深烙印進心中，這種印記一時半會兒豈能消除得了。宴會甫一開場，已將爹娘的囑咐忘在腦後，個個眼光只有意無意地朝太子殿下處掃。當然，只敢偷偷地掃。

曾經，她們在各自的夢中，都夢想過許多次般配得上太子殿下的女子該是如何。初聽聞是青丘的白淺上神時，因白淺的年紀，難免為她們的太子殿下委屈。這種委屈經歷時光的淬煉，又難免轉成些個小算盤，覺得白淺的年紀忒大，竟也能做夜華君的正妃，她們這等青春正盛美貌初放的年輕仙娥們，沒有道理般配不上夜華君。需對自己自信些。

然而，待今日於煌煌朝堂上親見傳說中白淺上神的真顏，好不容易提拉出來的自信，卻似水中的一個泡泡，被烈日稍一烤，「啪」一聲就滅了。

十中有八九個仙娥們順命地覺得，輸給這樣一個美人，她們認了。

但另有一兩成仙娥掙扎地覺得，做仙，不能這麼膚淺，或許這個白淺上神空有一副皮囊，若性子怪僻些對太子殿下不夠溫柔順從，她們，說不定還能努一把力，尋個時機撬撬這位上神的牆角。

宴過三巡，卻連這一兩成頗有膽色的仙娥，也紛紛打了退堂鼓。上神她老人家對太子殿下豈止溫柔順從，所作所為，簡直稱得上一個「寵」字。

「寵」這個字湧出來，她們自己首先嚇了一大跳。顯然將這個字放在一向神姿威嚴的夜華君前頭不大合宜。

但今日她們所見，白淺上神幫君上他剝了核桃又剝栗子，剝了栗子又剝花生，榛子松仁也剝了許多；伺候的仙婢倒給君上的茶，白淺上神她先嘗了覺得溫熱適宜才端給君上；一干位階不低卻難得上一趟九重天的真人來敬君上酒，也一一被白淺上神擋住，實在擋不住的，則全進了她的肚子。

上神這等將君上護得嚴嚴實實的做派，令諸位預備撬牆腳的仙子們陡然感到一種巨大的壓力，意欲遁了。

但難得見一次太子，此時遁了豈對得起她們頭上逾十斤的金釵身上僅二兩的輕紗？她們很糾結。

糾結中她們有一事不是十分明白，上神方才剝給君上的那些個堅果，她們雪亮的目光瞧得清清楚楚，悉數被君上包起來趁著上神不注意放入了她的袖袋。

但，君上為著上神的心既已到如此地步，那為何上神被下頭的小仙們敬酒時，君上卻並不攔著，只在一旁高深莫測地把玩著一個空酒杯？

她們覺得，是不是自己還有機會。

但僅一刻鐘後，她們便悟了。

美人什麼時候最有風情？

凡界有個西子捧心越增其妍的掌故，還有個昭君含愁南燕悉墜的掌故。美人，一旦和愁緒扯上邊，便越添其美。

但除了前兩個掌故外，凡界還有一個貴妃醉酒的掌故。

可見，和愁緒扯上邊的美人，再飲酒飲至微醺……

她們瞧著夜明珠的柔光底下，醉眼迷離倚在太子殿下肩上的白淺上神，大徹大悟。美人含愁微醺，此種風情，方可稱之為風情無邊。太子殿下方才，只是靜候著這一齣罷了。她們心碎地覺得，太子殿下高，太子殿下忒高。

高明的太子殿下半抱地扶著這樣一個微醺的美人，俊美的臉上倒是一派端嚴，像是他扶著的不是個美人，是個木頭樁子。

或許，是她們想多了？小仙娥們的心中，又有一些澎湃起伏。

趁著一支歌舞結束的間隙，太子殿下著天君跟前伺候的仙官輕聲吩咐了一兩句什麼，又見那個仙官顛顛地跑到高座跟前同天君耳語了一兩句什麼，天君衝著太子殿下點了一點頭，太子殿下便扶著上神先撤了。

她們留神太子殿下低頭時白淺上神正偎過來，太子他似乎笑了一笑，說了一句：「這個樣子，不枉我等這麼久。」白淺上神嘀咕了一句什麼，整個人朝他懷中又靠了靠。小仙娥們的心，一起，「啪」地碎了。

太子殿下將白淺上神摟在懷中，笑意十分溫存，抬頭攙著她離席時，倒又恢復了一向端嚴的神色，但腳底下的步子，卻不像臉上的神情那樣端嚴得四平八穩。

年輕的小仙娥們哀怨地望著太子殿下的背影，唏噓一陣，復又惆悵一陣。看來，她們的爹娘說得不錯，果然她們走過的路不如爹娘們走過的橋多。她們今日正經應將目光放在墨淵、折顏、白真三位上神身上，否則也不至於受這個打擊，且浪費許多時間。

小仙娥們拾起破碎的心，黏巴黏巴補綴好，收拾起精神，次第整了容顏，目光虛虛一瞟，瞟向墨淵上神。

卻見高座上哪裡還有墨淵的人影。

聽說這位尊神素來不愛這種宴會，今次能來天君親做的這個席面上露一露臉已是不易，當然不能指望他老人家坐到最後。

再則，墨淵上神的地位太過尊崇，她們不如各自膽肥的爹娘，敢將他老人家從前只在傳說中出現的形象放在風月事中計較。本沒有抱著這種奢望，他半途離席，列位仙子倒不至於多麼失望。目光又轉向折顏同白真兩位上神。

這兩位上神倒是沒有開溜。

但是折顏上神的目光，竟然也沒有放在她們的身上。折顏上神正在幫白真上神剝葡萄，白真上神趴在長案上打瞌睡。白真上神似乎在睡夢中打了個噴嚏，折顏上神皺了皺眉頭，將隨身攜的一頂大氅披在白真上神身上，然後，溫和地望了一會兒白真上神的睡顏，低頭幫他掖了掖領角，還掏出帕子來揩了揩他嘴角流出的口水，還溫柔地撫了撫他的鬢角……

石化的小仙娥們覺得，自己似乎發現了什麼，又似乎沒有發現什麼。

多年以後，提及這場宴會，天君依然記憶猶新，時常感慨。因此後天宮裡頭辦的宴會，再也沒許多年輕小仙娥齊聚一堂爭相同自己獻舞的情景，但憑這一點，尤顯得那場宴會的珍貴。

連宋君清正嚴肅地搖著扇子寬慰他父君：「那些小仙皆是為父君而來，父君自那以後再未做過壽宴，天宮中尋常宴會又豈能勞動得了她們輕移蓮步？父君也要憐憫她們一番心意，萬莫怪罪。」一席話說得天君瞬間開懷。

伺候天君的仙伯仙官們恍然，怪不得天君底下三個兒子一個孫子外加一位天后數個妃嬪，卻每每最愛同三兒子說說話，不是沒有道理。

白淺上神好八卦，聽說這個事後十分稀奇，一日在喜善天天門口截了連宋君堪堪問上去：「那些小仙娥再不上天宮果真是因你父親？看不出天君寶刀未老，一大把年紀依然能俘獲許多芳心，且都是一顆顆稚嫩的芳心，令人欽佩，令人欽佩。」

連三殿下展開扇子莫測一笑：「這個疑問，妳不如存著回去問問妳的夫君。」

收回扇子時，卻又想起當年壽宴第二日，南天門旁遇到夜華君時的兩句閒談。

他問：「天上天下多少人欲見白淺的真顏，多多少少存著些難言的心思，我以為你必不會讓她赴這個宴會，你攜她一同入宴，倒是出乎我意料。不過，既然已經赴宴，我記得你一向守禮數，父君壽宴這等大場合，一半就開溜卻不大像你的作風。且我隱約瞧見你臨走時，傳音入密同折顏上神丟了句什麼？」

夜華輕飄飄答：「他們拖家帶口地來，有什麼心思，你我想必心知肚明。有些念想，早斷了早清靜。連同那些男仙們對淺淺的，也是一個道理。如此方得一個太平，你說是不是？」太子殿下說這番話時，像想起了什麼，眉梢眼角，都透著一段溫軟之意。

時隔許多年後，連同自己也經歷許多紅塵事，九重天數一數二的花花公子連宋君再回想起這段話，琢磨著，這些話說得，其實挺有點意思。

三月春盛，煙煙霞霞，灼灼桃花雖有十里，但一朵放在心上，足矣。

肆：所謂重獎

洗梧宮的小仙官小仙婢們發自內心地覺得，最近他們君上不太高興。

雖然君上為人一向冷漠持重些，他們服侍他許多年從未見他那張臉上有過什麼大表情，但自從白淺上神上了九重天，君上在白淺上神的面前，表情時時都很和煦。

可近日，即便上神在君上的跟前，君上他也時而皺眉。

小仙官小仙婢們暗自琢磨，這很不一般。

譬如昨日。

昨日君上連議了幾日事，好容易得出一個空閒，攜白淺上神在瑤池旁邊賞花。

當是時，瑤池旁仙霧緲緲，一池的芙蕖頂著霧色托出潔白的花盞。白淺上神看了心情甚好，握住君上的手，切切地關懷君上的聖體：「忙了幾日，此時還來陪我，你累不累？若累了我們去前邊的亭子坐坐，你在我腿上躺一躺。」

君上的眼中含了笑，回握住上神的手，正要答話，小天孫阿離突然不曉得從什麼地方冒了出來：「娘親娘親，前頭有一隻大蝴蝶，阿離撲了半日沒撲到，娘親快來幫一幫阿離！」話罷一溜煙牽著上神跑了，小短腿風火輪似地轉得飛快，眨眼就消失在前頭的鵲橋底下。

他們清楚地看到，徒被晾在瑤池旁的君上，皺了皺眉。

又譬如今日。

今日上神心血來潮，要親手給君上做件貼身的寢衣，在自個兒的長升殿中為君上量體。

上神拿著一眾布樣子在君上身前身後比了又比，煩惱地道：「每個布樣都這麼襯你。」思忖地道，「難道每個布樣我都要給你做一件嗎……」君上輕聲一笑道：「這些話，該拿來說妳才對。」

她們這些知情知趣的小仙婢自然曉得，該是她們迴避的時候了。

正待此時，小天孫阿離卻不曉得又從什麼地方冒了出來，小肥手一把抱住上神的腿：「娘親娘親，夫子布置的課業太難了，有好幾處阿離都弄不明白，娘親快來當阿離的救兵！」

她們還沒有回過神，小天孫牽著上神的手噌噌噌又跑了，過門檻時差點摔一跤，被上神扶起來抱在懷中，毫無留戀地邁過門檻，走了。

君上一人站在大殿中，腳底下還落了兩個布樣。她們瞧見，君上不僅皺了皺眉，額角似乎還有青筋跳了兩跳。

再譬如這天夜裡。

這天夜裡發生了什麼，小仙官和小仙婢們自然並沒有看到。

這個神秘的夜晚，糯米糰子阿離在他娘親的長升殿用過晚膳，小肚子吃得鼓鼓的懶得挪動，如同往常，又一次賴在了他娘親的寢床上。

夜華君同幾個魁星議完事，沿途的路上攀了枝剛蓄起花苞的無憂花，踩著雪亮星光一路踱回長升殿，挑起窗前的紗帳。無憂花「啪」一聲落在地上。睡得正熟的糰子呼嚕呼嚕，摸著脹鼓鼓的小肚子翻了個身。夜華君的眉，皺了皺，額頭的青筋，跳了兩跳。

太子殿下覺得今夜無須再容忍，抬手就將糰子從白淺上神的懷中撈了起來，來去一陣風將糰子送回了他的慶雲殿。重回長升殿時，乾脆祭出青冥劍來當門閂，嚴嚴實實閂住了大門。

白淺上神撐腮在燈下看著他笑，待他走近了，竟起身來主動圈住他的脖子，一雙妙目流光溢彩，含著與往日不同的深意，堪可入畫，靠他更近些才道：「你今日倒有趣，同糰子置什麼氣。」吐氣如蘭就在他耳畔，下巴擱在他的肩上。

太子殿下眼中的墨色濃得化不開，攬著白淺上神正要往內室中帶。殿外突然響起爪子撓門聲，伴著一陣小石頭砸門的響動，糰子在門外頭軟著哭腔淒淒地叫喚：「父君放阿離進去，阿離要跟娘親一起睡，父君為什麼不讓阿離同娘親睡，娘親的床那麼大，阿離就占一個小角落也不成嗎？嗚嗚嗚嗚……」太子殿下踉蹌了一步，白淺上神趕緊將他扶著。

這一夜，太子殿下的眉頭皺起來就沒有平下去過。

糰子最終還是被放進了長升殿，他甫進來時，就覺得長升殿比他下午賴著娘親時冷了許多，父君臉色深沉地瞧著自己，他打了個哆嗦，睡覺的時候就多蓋了兩床被子。但他有心眼地在被窩裡拱啊拱，拿張小帕子將自己的手和娘親的手綁在一起，以防著半夜父君再將自己抱出去。他覺得最近父君很小氣。

但糰子的悠哉日子沒有逍遙多久。

三日後，學塾的夫子宣令近日要出一次小考，考一考眾學子們四海八荒上至天尊下至地仙數萬吉神的位階功名。且此次小考不同以往，第一名者，將有重賞。

糰子念的這個學塾，夫子乃是司天曹桂籍、掌天下文運的文昌帝晉文神君。晉文神君在仙菉雲籤之中位列一品，且素來與家底豐厚的多寶元君最是交好，他說是重賞，必定是重重的大賞。這一幫天族貴胄之後的幼童們摩拳擦掌，前所未有地個個專心備考。

糰子自然是其中一位。因還有三個月就是他娘親的生辰，糰子近日一直憂愁著娘親的生辰要送一份什麼禮。他這麼小，還沒有自立門戶，他的都是父君的，拿父君給的東西送娘親有什麼意思，顯不出自己對娘親的心意，為此糰子很是煩惱。恰此時禮物卻從天而降，糰子覺得，這就是成玉口中常常唸叨的天意了。天意都向著自己，可能天意也曉得自己是這九重天的小天孫，天意真是有悟性。

自己認認真真地備考，靠實力為娘親贏得這個重禮，娘親一定十分感動，覺得自己這麼乖巧，定要時時瞧著自己才開心，然後乾脆令自己從慶雲殿搬到長升殿陪著她，以後自己就再也不用被父君從殿裡丟出去，嘿嘿嘿嘿。

懷著這個「嘿嘿嘿嘿」的美好夢想，糰子認認真真地備考了十日，這十日，他都沒有去打擾他娘親。實在想娘親的時候，他就這樣在心中勉勵自己：「有娘的孩子像個寶，沒娘的孩子像棵草。今天吃得苦中苦，明天不被丟出去！」咬著筆頭握著拳，默默地唸完這段話，他就又有了恆心。

皇天不負有心人，這句話真是亙古的真理。糰子用功了十日，加之身為小天孫，對於天上地下神仙們的功名位階本就記得牢靠些，這次的小考，糰子水到渠成地拿了個第一。

晉文神君笑盈盈地瞧著他：「竟是小天孫考中頭名，看來小天孫今次果然用了功，這個重賞，倒要落在小天孫的頭上。」

被晉文神君大加讚賞的小天孫，額頭上必勝的綁帶還沒有取下來。必勝的小天孫瞧著唉聲嘆氣的落魄同窗們，很得意。心中又有一絲甜蜜，自己得到的這個重賞，一定是個很特別的重賞，娘親知道了一定會為自己感到自豪，一定會很高興。

糰子想得不錯，他考了第一名，得了晉文神君的重賞，他娘親的確很高興，但最高興的，卻是他的父君。

夜華君雖向來沉穩，神色不形於外，但洗梧宮的仙官仙婢們卻本能地感到，太子殿下近日如沐春風，心情豈可用高興二字來形容，簡直是十分、特別、尤其高興。因兒子學業上譜出一些還算不上如何的成績就高興得如此，太子殿下真是一位慈父，令他們更加尊敬。

崑崙墟的令羽上神坐在崑崙墟的中庭，同不日前才被他娘親親自護送來的糰子談心：「聽晉文說，阿離你當初可是很渴望這個重獎，還為了這個重獎廢寢忘食地狠狠用功了十日。但是如今看起來，既已順利拿到這個重獎，你怎麼這麼不開心呢？」

糰子悶悶地抱著頭，軟著哭腔：「因為我……我不知道這個不能退的重獎，是到崑崙墟跟隨墨淵伯父學藝三年啊嗚嗚嗚嗚嗚嗚嗚嗚……」

伍：所謂大名

糰子最近有點憂鬱。

他娘親肚子裡新添了個小寶寶，正一心一意養胎，他回回去他娘親的寢殿，他娘親都在睡覺。他父君近日也不像往常那般由著他，時時都來逼他的課業，教訓他已快要為人的兄長，日後需得做弟弟妹妹的榜樣。就連善解人意的成玉，也被他三爺爺拐去下界的方壺仙山給地仙們講道去了，讓他想傾訴也沒個傾訴對象。

糰子覺得，他這個小天孫當得很沒趣。他冥思苦想了很久，決定離家出走。於是打了一個小包裹，包裹裡有模有樣地放了兩套小衣裳，還放了三個剛從蟠桃園摘回來的桃子當路上的乾糧。他扛著這個小包裹已走到了南天門，突然覺得，這一趟離家出走也不曉得出走到幾時才能回來，臨走之前還是再看一眼娘親吧。

他磨磨蹭蹭地摸到他娘親的寢殿外，不巧正門卻守著幾個仙娥。離家出走這樣的事本該是件機密事，不宜鬧得過大，他摸著胸口沉思了一會兒，掉頭往窗戶邊走，決定爬到窗戶上偷偷地瞧他娘親一眼。

他剛靠近窗戶，小耳朵一動，聽到屋中有人敘話。低沉的這個是他的父君，懶洋洋的這個是他的娘親。

他娘親說：「哎哎，方才這小東西又動了一動，你要不要摸一摸？」

他父君嗯了一聲道：「這才七個月，照理還沒長全，怎的這樣能折騰，阿離以往在妳肚子裡也是這般的嗎？」

糰子聽到自己的名字，「唰」地豎起了耳朵。

他娘親說：「糰子乖得很，哪像眼下這個，我記得糰子是第三年上頭才有動靜的，前兩年就像肚子裡揣了枚睡著的蛋，我輕鬆得很。說來幾日不見糰子了，我正有件好事要說給他聽，他聽了一定很歡喜。」

糰子心中一陣蕩漾，幾乎要爬上窗台跳進屋裡，但他克制住了自己。

他父君奇道：「好事？」

他娘親立刻道：「好事，一件天大的好事。糰子就阿離一個小名，他如今這麼小，叫著也不覺奇怪，但日後待他長大，這麼喊就忒不像樣了，我翻了幾日詩書，終於給他起了個大名。」

糰子心中一陣激動，差一點就要暴露行蹤，但他仍然克制住了自己。

他娘親說：「有個叫李賀的凡人寫得兩句有氣勢的好詩，我很中意，說是『黑雲壓城城欲摧，甲光向日金鱗開』。這兩句詩中，又以這個黑字用得尤為出彩。另外，他們凡人愛在名後加個子表示尊重，我覺得這習慣倒也挺不錯的。」

他父君說：「於是？」

他娘親說：「於是我給糰子起了個大名叫黑子。」

黑子咕咚一聲栽倒在地。

他父君沉吟道：「這個名字……」

他娘親忐忑道：「我想了兩日，你覺得，你覺得不好嗎？」

黑子在心中吶喊：「說不好啊，快點說不好啊，不然我真的離家出走了哦，我真的真的離家出走了哦。」

他父君沉吟了一會兒說：「日後倘若阿離登基，尊號便是黑子君？」

他娘親也沉吟了一會兒：「黑子君……」

他父君一本正經地說：「挺好的，這個名字。」

黑子倒地不起。

第二日，九重天大亂，仙童仙娥們奔走相告：「小天孫不見了，據說離家出走了。」

離家出走的黑子坐在青丘的狐狸洞中，他四舅白真咬了一根狗尾巴草問他：「說真的，你怎麼突然跑到青丘來了，你阿爹阿娘虐待你嗎？」

黑子包了一包淚，心酸地說：「因為娘親她給我起名叫黑子，嗚嗚嗚……」

陸．歲歲年年

擎蒼元神俱滅的消息傳來，他正坐在崑崙墟後山的桃林行晚課。時值九月，桃樹已不及往日繁茂，抬眼一望，便能見得遠處縹緲的煙雲。

身旁小童惴惴道：「據來通傳的那隻老仙鶴說，白淺上神大約已失了神志，抱著氣絕多時的夜華君坐在東皇鐘下，身周築了一頂厚實的仙障，誰的話也聽不得。天地眾神齊聚若水之濱，卻憚於那仙障，無一人能近他二人的身。就連十里桃林的折顏上神亦無法可想，只說白淺上神是個烈性子，待她神志清醒，指不定會毀天滅地與夜華君殉葬，這才喚了那隻老仙鶴趕緊來崑崙墟請師尊，以免釀成大禍。但師尊他老人家入關之時已有旨意，不得隨意相擾，荊生計較半日，此事還需令羽上神您定奪定奪……」

煙雲漸漸散開，露出一棵一棵青青的山峰，他摩挲著手中的道經，許久，道：「那鬼君擎蒼，他死前可留下隻言片語？」

荊生小童愣了愣：「老仙鶴倒沒提起這個，不過聽說擎蒼死狀極慘，周身滿是血洞子，幾乎被夜華君的青冥劍刺成了個蓮蓬。」

他手中道經驀地一抖，突然便想起初見擎蒼的那一日。

那一日，惠風和暢，天朗氣清，他被十七師弟纏得沒法，帶著他去發鳩山捉精衛鳥。

他們師兄弟正沿著漳水鬼鬼祟祟追一隻雛鳥，眼看就要到手，一匹棗紅馬卻猛然從林子深處躥出來。小精衛鳥吃了一驚，尖叫一聲，直衝雲霄，飛得影都沒了。

十七師弟捋起袖子就要同馬背上的青年幹架，他趕緊阻擋，豈料那眉目濃麗的青年只是淡淡一笑，手中一根捆仙索，電光石火之間，便將他師兄弟二人串成一雙。他們一雙師兄弟，小的被甩在背後，大的被抱在胸前。那是他拜入墨淵門下以來，頭一回未出招便受制，不由得羞憤交加。青年在他耳旁低低笑道：「你叫什麼名字？我娶你做我夫人好不好？」

他初見他時，天藍水碧，他一身月白騎裝，身後是一派青青的茂林。

兩百多年前，若水的土地有機緣同他一起吃酒，席間多喝了兩杯，附在他耳邊道：「這話小神本不該替他通傳，但小神忍了這許多年，見他被關了那麼久，還惦記著上神，卻覺得他有些可憐。」

他杯子一歪，酒灑了兩滴。

若水土地繼續道：「那擎蒼兩百多年前其實破鐘出來過一回，也是機緣巧合，幸虧青丘的白淺上神途經若水，及時將他關了回去，才未將這樁事鬧大，否則也是小神我的失職……」

他不動聲色飲下杯中的酒。

若水土地擦了把腦門上的汗，艱難道：「敢問，敢問兩百六十二年前，可是上神正滿十三萬歲的生辰？」

酒杯「嚓」一聲掉在地上。

若水土地再擦了把腦門上的汗，蚊蚋般道：「那前鬼君，在被白淺上神重鎖入東皇鐘時，一直喊的上神的名字，一直在說，一直在說，要再見你一面，當著你的面賀你十三萬歲的生辰，當著你的面問你一句，你可還記得七萬年前大紫明宮的擎蒼……」

他的記性一向不大好，這些事情卻記得很深。

荊生將他從地上扶起，他整了整衣飾，道：「你先回去吧，我這就去通傳給師父。」

他的眼角攢出一滴淚。他將它擦乾了，緩步向墨淵閉關之處走去，背後徒留下一派枯敗的桃林。

——下・完

國家圖書館出版品預行編目資料

三生三世十里桃花（下）／唐七 著.
--初版.--臺北市：平裝本. 2021.11
面；公分（平裝本叢書；第0528種）
（☆小說；11）
ISBN 978-986-06756-7-2（平裝）

857.7　　110016395

平裝本叢書第 0528 種
☆小說 11

三生三世十里桃花（下）

作　者—唐七
發 行 人—平雲
出版發行—平裝本出版有限公司
台北市敦化北路120巷50號
電話◎02-27168888
郵撥帳號◎18999606號
皇冠出版社(香港)有限公司
香港銅鑼灣道180號百樂商業中心
19字樓1903室
電話◎2529-1778　傳真◎2527-0904
總 編 輯—許婷婷
責任編輯—張懿祥
美術設計—單宇
著作完成日期—2020年1月
初版一刷日期—2021年11月

法律顧問—王惠光律師

讀者服務傳真專線◎02-27150507
電腦編號◎541011
ISBN◎978-986-06756-7-2
Printed in Taiwan
本書特價◎新台幣299元/港幣100元